여인들과 진화하는 적들

女人與她們進化的天敵

金息 著
胡椒筒 譯

目錄

口乾舌燥

她經常忘記女人唾液變乾的事，今早醒來也沒有想起。總不能連睡覺也在想這個，拋到腦後也是理所當然，不過她也覺得自己實在太健忘了。事實上，直到今天上午，忘記這件事的次數比想起的還要多。

她常常忘記也是情有可原。口乾——也就是口腔裡的唾液變乾並不像打噴嚏、打嗝、嘔吐、腹瀉或高燒有明顯症狀，更不像骨折或關節炎那樣行動不便，能引起旁人注意。更何況比起輕微的脹氣或疲勞引起的感冒，口乾更顯得微小而不可知。

唾液一點一點地、十分緩慢地變乾，比在太陽下晒乾脫水的毛巾還要安靜，好似獨居老人的死亡般悄然無聲。

唾液也不同於鼻水和汗水。雖然這三種液體都是人體製造出來的分泌物，排泄方式卻截然不同。鼻水和汗水在生成的同時，便會透過鼻孔與毛孔排出體外，流下鼻水，冒出汗水。沒有人會像流鼻水和流汗一樣流口水，鼻水和汗水流完便會停止，口水則不然。唾液腺分泌的唾液，如漿糊般黏稠地匯集在口腔中，不僅會滲入口腔各處，還會與食物混雜在一起流入食道。唾液也不同於眼淚，眼淚會因賦予的意義而產生不同的價值，有別於能表達喜悅、難過或懺悔的眼淚，唾液更加沒有任何複雜的含義。

唾液就只是唾液而已。

我們不會因為難過、喜悅或懺悔而流下口水，更不會透過流口水來淨化心靈。只有在感受到強烈的食慾時，唾液才會像眼淚一樣流出來。唾液也與另一種分泌物——奶水不同。總而言之，唾液這種液體不是流出來的，而是吐出來的。以上就是她對唾液最明確的認知。

她不知道女人的唾液是從何時開始變乾的，這對她來說也不重要。跟最近的日子比起來，女人口腔乾燥的程度、現在是否還在變乾，以及還會持續多久，從何時出現這種症狀，都顯得無足輕重。唾液不是會突然徹底變乾的分泌物，她推測女人的唾液是從一年前開始變乾的。從這點來看，唾液也與眼淚不同。淚如泉湧的眼淚最終流盡，並不需要很長的時間。

她承認自己並不了解唾液變乾這件事，只是隱約了解這與一般的口乾舌燥不一樣，光靠喝水並不能解決這種根深蒂固、本質性的症狀，但似乎也不是什麼致命的絕症。

她也不知道女人的唾液為什麼、又是以怎樣的方式變乾的。偏偏是口腔，根本無法用肉眼確認。更何況，女人總是緊閉雙唇，就像用針線縫起來的口袋。加上沒有檢測唾液量的儀器，她從未見過像量血壓或血糖那樣每天檢測唾液量的人。

但可以肯定的是，之前女人的唾液不曾變乾過，至少在搬進這個家前沒有這種跡象。她在購物臺做了十五年的電話銷售員，應變能力之快早已獲得公司認可，她可以從客人的語氣、語調和語速判斷對方是想訂購、取消訂購、退貨、索賠、詢問派送還是騷擾電話。所以，哪怕女人有一絲異常，她也應該能察覺。即使猜不到具體症狀，至少也會發覺哪裡怪怪的。

當然，這並不表示女人在住進她家後就立刻出現這種症狀，至少在一年前，她也沒有察覺女人的唾液在變乾。仔細一想，她與女人生活在一起，不知不覺已經五年了。

她一直睡到九點多才醒，來到客廳時，女人正在廚房。與往常一樣，她無視女人的存在，徑直走進浴室。女人也盡量不去看她。「睡得好嗎？」這種問候語只會讓彼此更尷尬。同住一個屋簷下，每天都見面，有時她真的覺得女人像家裡看膩的舊家具，實在很煩。但家具可以換，女人不能。就在今天早上，當她看到圍著暗黑如醃蘇子葉的圍裙、站在餐桌前的女人時，她心生厭煩到整張臉如揑縐的鋁箔紙。但女人與平時並無兩樣，依舊是不長不短的頭髮、素顏且泛黃的面孔，雙唇就像被電熨斗燙過的襯衫領子般執拗、緊閉，稀疏得好似南瓜紋路的眉毛和半垂的眼皮，手裡抓著抹布。每天她起床時，女人幾乎都在廚房，不是在拌小菜，就是在擦桌子，再不然就是開著水龍頭洗碗。有時也會看到身材矮小的女人把肥臀貼在地上，從冰箱裡取出保鮮盒或洋蔥之類的蔬菜。

她抑制住心中的煩躁，看向洗臉盆上方的鏡子，下意識地把手伸向水龍頭，水龍頭轉開一半，但直到拿起香皂時，水也沒有流出來。即使是在這一刻，她也沒有想起女人唾液變乾的事。其實她也沒必要時刻把這件事掛在心上吧，反正就算一直想著這件事，女人的情況也不會好轉，無論她想不想著這件事，女人的唾液都還是在變乾。而且一想到女人的唾液在變乾，她都覺得連自己的口腔也變乾了。唾液變乾是什麼感覺呢？可能舌頭就像晒著的秋刀魚一樣慢慢變乾？那一定很不好受。她不知道唾液變乾的女人是什麼感受，也不想知道。即使不去認真想也能大致猜到，這沒什麼特別的，與記憶會漸漸消失的阿茲海默症相比簡直微不足道，也不像禿頭那麼讓人在意。總之，從各方面來看，偶爾才想起女人唾液變乾，也不是什麼壞事。

她放下手中的香皂，把手伸向水龍頭，關上再擰開，還是沒有水。她覺得很奇怪，於是走出浴室，來到廚房，只見女人正在用抹布擦沙發。她伸手越過立在洗碗槽裡被泡菜汁染紅的砧板，把水龍頭開到最大，也沒有水。無奈之下，她轉頭看了一眼餐桌，炒茄子、醬煮蓮藕、涼拌豆芽菜、煎黃魚、烤海苔、切成約一口大小的泡菜和大醬湯。早餐一如既往已經擺上了餐桌。看向電鍋保溫燈的她，終於把視線轉向女人。

「怎麼沒水啊？」她問道。

女人依舊用力地擦著沙發。看來是停水了，可能是巷子某處長年失修的水管需要更換，才臨時停水吧。不然怎麼可能浴室和廚房都沒水。

「水龍頭不出水。」她沒好氣地對女人說，彷彿那是女人的錯。

「是喔……」女人事不關己地嘟囔。

「您知道？」她用追究的語氣反問。

「知道什麼？」

「停水啊。」

不知道女人是真沒聽見，還是假裝沒聽見，仍舊毫無反應。少言寡語的女人只說必要的話，也許是因為唾液變乾的關係，話也變少了，有時連必要的話也不說了。直到這時，她也沒想起女人唾液變乾的事。她在心裡嘀咕，問妳話，至少也得回一句吧。

她理所當然地認為女人知道會停水，因為如果不是突然停水，社區通常會在三、四天前通知，操持家事的人不可能不知道。兩個月前停水那次就是這樣，女人提早得知停水的消息後，還把停水的日期和時間告訴她。停水前一天，女人在浴缸裡放滿水，還找出家裡又大又深的鍋子擺在廚房，全部接滿了水。雖然停了三個多小時的水，但因為有女人提早接好的水，所以她沒覺得有什麼不方便。

「從幾點開始停水的啊？」

女人無視她的話，朝廚房走來。她不滿的瞥了一眼女人。女人從她身邊經過走到洗碗槽，把洗碗槽裡的砧板挪到一旁，打開水龍頭，擰了一圈又一圈，結果還是關上了。難道女人也不知道停水？想想也是，如果女人知道，一定會像上次一樣接滿水，但現在廚房裡沒有接滿水的鍋子。

雖然是空腹狀態，但她覺得喝杯濃咖啡或許會讓心情好起來。而且她還沒刷牙，嘴裡有些發澀。她心想，最長大概就停一、兩個小時吧，於是拿起大馬克杯走到飲水機前接了杯熱水。

那是一臺配有兩公升淨水的飲水機。她覺得接的水太多，於是往洗碗槽裡倒掉了一些。

她無聊地斜坐在餐桌旁，小口啜著咖啡。這時房門吱一聲打開了，在這個只有女人和她的舞臺，新人物登場。就在她看到孩子搖搖晃晃走出來的瞬間，她才終於想起女人唾液變乾的事。

孩子拖著褲腳邊捲起的睡褲朝她走來，但走了幾步突然停下，孩子環視客廳，像在尋找什麼，最後把目光落在女人身上。女人正用抹布擦客廳的地板。水都停了還擦什麼地板，真是看不順眼。但女人不擦地板又能做什麼呢？半夢半醒的孩子用臉蹭了蹭女人的手臂，就在女人要用碰過抹布的手去摸孩子的臉頰時，她急忙喊了一聲孩子的名字。女人快要觸碰到孩子臉頰的手指像樹枝一樣抖了幾下，然後又抓起抹布。孩子不高興地看著她的臉色，輪流看了一眼她和女人，最後不情願地朝她走去。她喝了一口溫熱的咖啡，把馬克杯放在桌上。餐桌一旁擺有乾洗手，她擠了兩滴在手上，像蒼蠅一樣搓了搓雙手。

她對自己又忘記女人唾液變乾的事並不以為意，因為比起女人唾液變乾，以及自己經常忘記這件事，從早上開始停水更有現實感，也更嚴重。女人唾液變乾的事只能排在其次。

女人唾液變乾並沒有給她帶來不便，畢竟變乾的是女人口腔中的唾液，不是她的，但停水卻給她造成了三、四件困擾的事，其中之一就是不能幫剛起床的孩子洗臉。

關於女人，她忘記的事又何止這一件，她還經常忘記女人是孩子的奶奶，如同她經常忘記女人唾液變乾一樣，甚至更為頻繁。因為有時是故意忘記，有時則是假裝忘記。

她把飯泡在清淡的大醬湯裡餵孩子吃時，水龍頭也沒有滴一滴水。她吃光孩子剩下的幾口飯後，整理了餐桌上的碗筷。其間，她改變了想法。她覺得女人早就知道會停水，而且水很快就會來，才沒有在浴缸接滿水，做任何準備。如果是突然停水，女人的行動怎麼可能跟往常一樣，這麼泰然自若呢？更費解的是，女人並沒有因為突然停水而流露絲毫為難和不便的神情。女人不是正若無其事地在擦地板嗎？女人非但不擔心水何時會來，好像根本不在意停水這件事。

「今天有點唾液了？看來還沒有徹底乾掉。」她小聲嘟囔著，瞥了一眼水龍頭，而不是女人。她一臉不滿地盯著水龍頭，彷彿水龍頭就是女人的嘴。巧的是，停水期間，女人的口腔也是乾燥的。

半年前，她才知道女人唾液變乾了。當然在那之前，至少一年前，女人的舉動就有些反常了。

一直很喜歡把野菜或生菜拌在飯裡吃的女人，不知從何時開始用水泡飯。女人就像重症患者那樣，勉強吃一、兩口飯後，就把水倒入碗中，也不管她有沒有在看，自顧自地低頭用湯匙舀起被水浸泡後散開的米粒送入口中。用水泡飯就算了，女人連菜也不吃了。她很詫異女人為何如此，但怎麼也沒想到女人罹患了口乾症。她以為女人是沒胃口或牙痛，再不然就是牙齦不舒服。看著女人用湯匙舀起如同被水葬的屍體般的米粒送進嘴裡，她的眉頭就會不自覺地湊到一起。桌上的湯和菜，女人看都不看一眼，直接就往碗裡倒水，那樣子彷彿是受了什麼委屈，在作無聲的抗議。之前女人至少還會用清淡的大醬湯或蘿蔔湯泡飯吃，現在就只吃水泡飯了，加入辣椒醬或辣椒粉煮得很濃郁的湯連碰也不碰。自從開始吃水泡飯，女人的飯量也從一碗減到半碗，配飯的小菜也僅限於醃黃瓜、泡菜或用醬油醃的蘇子葉，這些不鹹不淡的小菜配水泡飯剛剛好。或許是因為口腔變得像沙漠一樣乾，女人再也不碰重口味，或看起來美味誘人的菜餚了。

俗話說，眼不見為淨。隨便女人要吃水泡飯還是拌醃黃瓜，管它米粒泡得稀爛還是只喝米湯，她都視而不見。要不是半年前的某個週六晚上，全家人圍坐在餐桌前，丈夫對女人追根究底地追問，她根本不知道女人唾液變乾了。她會在毫不知情的狀態下一直和女人生活下去，直到女人的舌頭像落葉一樣枯竭消亡，齲齒如散沙般斷裂脫落。若無人問起，女人絕對不會主動說這件事，原就少言寡語的女人很不喜歡提自己的事，她從沒聽過女人說起自己的過去，連心情和身體狀況也是如此。即使身體不適，女人也不肯告訴任何人，寧可自己找點藥吃。

那天丈夫難得在家。在建築公司上班的丈夫經常出差，週末也幾乎不在。或許是因為建築公司的特性，不出差時員工也經常聚餐，直到深夜才回家。為了難得在家吃晚餐的兒子，女人特地做了辣燉鮟鱇魚。全家人坐在餐桌前，說是全家，也不過只有女人、丈夫、她和孩子四個人。加了海鞘、水芹菜和整隻章魚的辣燉鮟鱇魚看起來豐盛又美味，用澱粉勾芡的鮟鱇魚燉得黏乎乎的，是女人的拿手菜，即使沒用什麼額外的調味料，也比外面餐廳做的還好吃。

因為宿醉在床上躺了一整天的丈夫看到鮟鱇魚，立刻夾了一大塊魚肉塞進嘴裡。大部分在姐妹中受寵長大的獨生子都跟丈夫一樣，眼裡只有自己，她從沒見過丈夫有禮貌地把美味的小菜推到女人面前。倘若丈夫真這麼做了，她可能也看不慣。但身為人母，她不禁暗暗擔心起將來自己的兒子也會這樣對待自己。

「用水泡飯又不好消化，怎麼老是這樣吃啊？」

女人碰都沒碰鮟鱇魚，只是像把濕沙子裝上車一樣，一聲不吭地舀著水裡的米粒往嘴裡送。丈夫看不順眼，這才說了一句。女人只吃水泡飯已經半年了，丈夫卻渾然不知。她覺得自己不應該插話，於是默默地聽著母子倆的對話。

「唾液變乾了……」女人低聲自言自語，然後又舀起一匙如唾液般乳白的米湯送入嘴裡。

「那就泡在豆芽湯裡吃啊。」丈夫嚥著被辣燉鮟鱇魚染紅的嘴。

「太刺激了……」女人垂著頭，眼看鼻子就要碰到碗裡的米湯了。

「豆芽湯很刺激？」丈夫把嚼碎的魚骨頭吐在盤子裡。

清淡的豆芽湯並沒有放辣椒粉。她夾了幾根辣燉鮟鱇魚裡裹滿濃厚醬汁的豆芽菜放進嘴裡，猜測可能是因為蝦醬，豆芽湯用蝦醬取代鹽來調味，小蝦會刺激舌頭和食道。

「反正……因為唾液變乾……」

聽到這句話，她原本去舀辣燉鮟鱇魚醬汁的湯匙懸在半空，瞥了一眼女人。當時她完全沒有想到女人的唾液會變乾，唾液怎麼可能變乾？她覺得不可思議又荒謬。但她故作鎮定，舀了一匙裹滿醬汁的海鞘和章魚腿放入碗中，用力拌了起來。

「口乾就喝水嘛。」丈夫嘎吱嘎吱地嚼著海鞘。

「所以我才把飯泡在水裡……」女人看著湯匙裡被水泡得膨脹的米粒，喃喃地說。

「我不是這個意思，我是說吃飯是吃飯、喝水是喝水，為什麼要把飯泡在無味的水裡吃呢？」

「那是因為唾液變乾……米粒會像漿糊一樣黏在舌頭上……」

「唾液變乾？」母子倆的對話讓她越聽越不耐煩，忍不住還是插了嘴。

女人很不情願的抬頭看向她。

「唾液……」

女人喃喃地說，視線沒有停留在她臉上，而是落在了肩膀處。手中的湯匙像千斤重的鐵塊傾斜到一邊，湯匙中的米粒投身墜入碗中，靜靜沉入碗底又與其他米粒混在一起。

「唾液怎麼變乾的？」

「一直……」

「一直覺得口乾？」

「總之……」女人似乎無話可說，深深垂下頭，眼看下巴就要碰到脖子了。女人把湯匙伸向碗中。

「您也真是的，都說讓您喝水了，怎麼還這樣啊。」填飽肚子的丈夫不以為然地丟下一句話後，起身走到沙發，拿起遙控器打開了電視。

她知道女人不會痛快地回答問題，所以也沒有再追問下去。她心想，女人連辣燉鮟鱇魚裡的豆芽菜都沒吃一根，可見唾液變乾是真的。

丈夫顯然把女人口乾，米粒像漿糊一樣黏在舌頭上的事忘得一乾二淨了，因為之後她再沒也見過丈夫提起女人唾液變乾的事。丈夫忙得不可開交，即使女人是生養他的母親，也無暇顧及唾液變乾這種小病。

女人的症狀準確的病名是口腔乾燥症。人體正常的唾液分泌量為每分鐘零點六毫升，每小時三十六毫升。每分鐘的分泌量在零點一以下，只為正常量的六分之一時，便視為口乾症。

初次聽女人說自己口乾時，她並沒有放在心上，只覺得唾液變乾沒什麼大不了的，畢竟唾液又不是血液。但大概過了一個月後，她突然懷疑女人是不是罹患了唾液腺癌。她跟同事提起女人的症狀，同事說自己的叔叔之前也是覺得口乾，後來診斷出罹患唾液腺癌，所以建議她去做一次精密檢查。難道女人真的罹癌了？看著女人日漸消瘦，她無法排除這種可能性，雖然也可能和女人吃太少、又老是吃水泡飯有關。雖然還沒確診，但她已經開始擔心起醫藥費。如果真的是癌症，那可不是一筆小數目。

她委婉地問過女人有沒有買防癌險，但女人搖了搖頭。還以為女人至少買過保險，怎麼會連一個保險也沒買呢？女人呆看著一臉驚愕的她。女人不像是連一個保險也沒買的人，她很勤勞，凡事都會提前準備，連隔天早上要涼拌的豆芽菜也會在前一天晚上備好。她左想右想，實在很不安，於是沒跟女人商量就預約了大學醫院的口腔科。如果診斷只是口乾症，就不用浪費時間和金錢帶女人去做精密檢查了。在大學醫院看過病的人都清楚，預約掛號是件多令人心煩和麻煩的事，預約掛號的專線不是忙線中就是待機狀態，想掛專家門診少說也要等兩個月。

直到要去醫院當天，她才告訴女人掛號的事。那時女人正坐在餐桌前，悠閒地處理煮高湯要用的鯷魚。當時還在購物臺做電話銷售員的她為了陪女人去醫院還特地請了假，原本她打算說明情況後讓女人自己去，但擔心沒去過大學醫院的女人找不到口腔科和診間。她故意強調是為了陪女人看病才請假的，但事實上，她也想盡快用掉剩下的年假。由於三班兩輪的特殊工作條件，所以不能連休，若不趕快用掉，剩下的年假就浪費了。她說要去醫院，要女人趕快準備出門，女人露出不情願的表情。

「為什麼要去醫院……」

「您不是說口乾嗎？」

「是沒錯……」

「總得知道是什麼原因吧。」

「嗯……」

「查出為什麼唾液變乾才能治療啊。我約了上午十一點看診，您趕快去換衣服吧。」

「不能取消嗎？」

女人摘掉手中鯷魚的魚頭和內臟。魚頭就像墳墓，堆在托盤一角。她覺得那些魚頭像在嘲笑自己，心情十分不爽。

她堅決地搖搖頭。「我一個月前才好不容易預約到的。」

「還是取消吧……幹麼花這冤枉錢，去什麼醫院啊……」

「那您嘴巴不乾了？」

「那個……」

「嘴巴不再乾燥了嗎？」

想到自己好不容易預約到專家的門診，要是女人回答說自己的口腔不乾燥了，她才不會覺得萬幸、安心，反而會產生背叛感。

「不乾燥了嗎？」她繼續追問。

女人又拿起一條晒得歪七扭八的鯷魚，放在手裡揉來揉去，彷彿那就是自己因沒有唾液而變得乾癟的舌頭。勉強掛在魚身上的魚頭掉了下來。

「我問您現在怎麼樣啊？」

「一直很乾……一直……」女人喃喃地說，彷彿把埋藏在心底一生的祕密吐露了出來。女人的聲音如同劈開牛蒡時發出的乾裂聲響，但她並不知道這是因為唾液變乾的緣故。

勸說女人耽誤了一些時間，在搭計程車去醫院的路上，她擔心的不是女人唾液變乾，而是遲到會錯過看診，以及萬一真的是唾液腺癌怎麼辦。她掛號不是為了查出女人唾液變乾的原因，總之，她擔心的不是這件的事。

做完驗血、唾液分泌量和名字生疏的修格蘭氏症候群[1]檢查，以及額外的兩、三項檢查後，女人正式被確診為口腔乾燥症。真是萬幸，還好不是唾液腺癌。但她莫名覺得有些洩氣，就只是口乾症……雖然是第一次聽說這種病，但病名過於平凡，不禁讓人覺得即使不是資源雄厚的大學醫院，社區的小牙醫診所也能診斷和治療。

檢查結果顯示，女人的唾液分泌量為每分鐘零點零一九毫升，毫無疑問是口乾症。不僅數值遠遠低於零點一毫升的正常值，咀嚼食物時的分泌量也僅有零點零零九毫升。

她目睹了女人接受檢查的整個過程，不禁覺得唾液分泌量檢查比乳癌檢查還要原始。乳癌檢查會透過乳房X光攝影壓扁乳房，至少使用了特殊的儀器，然而唾液分泌量檢查就只是用吐出唾液的量進行檢查。

「請吐一口唾液。」

聽到戴口罩的護理師說出這句話時，她比女人還詫異。護理師手裡還拿著一個計時器。

「請快點吐出來。」

女人一手拿著紙杯，面無表情地看著催促自己的護理師。檢查開始前，護理師遞給女人一個空紙杯，簡單明瞭地說明了檢查方式。按照護理師的說明，只要分五次，每隔一分鐘，把匯集在口中的唾液吐在紙杯裡就可以了。

「請吐吧！」

護理師轉動著大大的眼睛，示意女人往紙杯裡吐唾液，但女人始終無動於衷。護理師不過

1 一種自體免疫性疾病，會破壞人體的外分泌腺如淚腺、唾液腺，所以會有口腔乾燥及眼睛乾燥等困擾。

是教女人吐唾液，又不是吐肝臟、心臟或肺，誰知女人反倒把嘴閉得更緊了。要求唾液變乾的女人吐唾液，還是吐在空杯裡，這會不會太過分了呢？但她沒有閒情逸致去思考這種問題。

「請您吐一下唾液。」護理師懇求道。

「護理師要您吐唾液呢。」雙手抱胸站在後面的她不得不插了句嘴。

做了幾項檢查，轉眼就下午兩點多了。帶著步伐緩慢、動作遲緩的女人逐一尋找檢查室可不是件容易的事。檢查室都距離很遠，在樓與樓、層與層之間就要來回個三、四趟。也許是因為整天待在家裡，擠在人群中的女人一臉失魂落魄。醫院裡人山人海，來自全國各地的患者都聚集在這裡，每個檢查室門口都大排長龍。緊跟在她身後的女人突然像斷電的機器般停下來，看到女人呆滯地站在人群中一動不動，她不禁萌生一股想丟下女人回家的衝動。

女人不甘不願地出門，也沒換件像樣的衣服。但就算是穿了像樣的衣服，看起來也像是清晨搭火車或客運巴士進城的鄉巴佬。結婚當天因婆婆而生的羞恥心如胃中酸水般湧上心頭。那天，婆婆穿了一身跟乾蘿蔔葉差不多的韓服，不僅顏色死氣沉沉，還很不合身。女人獨自坐在新郎的父母席上，手上連一枚廉價的玉戒指也沒有，毫無點綴的手裡只攥著一條抹布似的白手帕。那條手帕簡直有畫龍點睛的作用，讓女人看起來更寒酸了。兩個女兒都出嫁了，還在市場經營小菜店，女人竟然連一間常光顧的韓服店都沒有。當親家母提議一起訂做一套新韓服時，女人堅定的拒絕了，結果穿著那套寒酸的韓服出現。

她恨不得丟下女人一走了之，最終還是於心不忍。「您跟緊我。」她再三提醒女人，誰知還是發生了意外的狀況：在去抽血室的路上，女人跟著一個與她長相相似的人走了。

抽血室不在口腔科所在的樓層，是在醫院主樓的四樓。穿過如同迷宮般的走廊和樓梯，好不容易來到更擁擠、吵雜的主樓。大廳中央正在為患者和家屬舉辦音樂會，連身體無恙的她都被吵得暈頭轉向，稍稍適應了環境的女人緊跟在她身後。大廳在三樓，為了去四樓，她扒開人群朝電扶梯走去。剛踏上電扶梯，她回頭看了一眼，結果發現跟在後面的不是女人。電扶梯緩慢向四樓移動，她只好俯身張望三樓，但在人群中沒有找到女人。她重新返回三樓，連醫院餐廳也找了一遍，還是沒看到女人的身影。她撥打女人的手機，但手機關機。無奈之下，她想到了廣播尋人。就在走去服務臺的路上，她看到從自動提款機前經過的女人，像影子一樣緊跟在一個陌生人身後。

她快步追上，一把抓住女人的手臂：「您要去哪啊？」

「我在跟著妳啊……」女人喃喃道。

「跟著誰？」

「妳……」

「您沒有跟著我，您剛才跟著陌生人走了。」

「我沒有……我在跟著妳……」

那一瞬間，她不禁懷疑女人是不是罹患了失智症。她的脊椎緊繃得像吉他弦，還起了一身雞皮疙瘩。女人的眼神卻異於往常，相當炯炯有神。方才女人緊跟的陌生人已經不見蹤影。她心想，女人還沒到罹患失智症的年紀吧，假如真是失智，要送去安養院嗎？難道口乾症也是失智的初期症狀？突然湧現的疑問讓她覺得後腦勺發麻。

「您一直都跟著我？」

「是啊，一直跟著妳……」

「您確定跟著的人是我，不是別人？」

「不跟著妳，我要跟著誰……」

「您一直都跟在我後面？」

「我生怕跟丟了，連小便都忍著呢……」

她無話可說，帶女人來到四樓。在抽血室取號排隊期間，她厭惡的眼神一直沒有離開女人，因為她擔心女人又跟著別人走了。女人似乎沒有注意到她的眼神，只是坐在那呆呆看著抽血室走出來的人們。抽完血後，她帶女人到醫院餐廳吃午飯，女人只吃了兩三口辣牛肉湯飯。但她根本不在乎女人吃不吃，自顧自地把全州拌飯拌得通紅，送進嘴裡。

她教女人吐唾液，女人卻毫不理睬。

「您不用那麼緊張。」

護理師覺得女人是緊張過度才吐不出來，但在她看來女人不是吐不出來，而是故意不吐。無論無辜的護理師再怎麼懇求，女人就是固執地不肯吐，她不知道女人為什麼這麼堅持。可能覺得嘴巴都那麼乾了，還要吐唾液，而且還是吐在紙杯裡，未免太浪費了。除此之外，她想不出別的理由了。

「不是讓您硬吐，只要把嘴裡有的唾液吐出來。只要吐出嘴裡的唾液……」護理師盡量用和藹的聲音勸導女人，但女人就是不肯吐。

「只有吐出來才能測量唾液分泌量啊，嗯？」護理師無可奈何地搖了搖頭。

「只有吐出來……」女人像在表演腹語，雙唇不動地喃喃自語。

「我們得在娃娃車到家前趕回去。」忍無可忍的她沒好氣地說。眼看就要三點了，幼稚園只到四點，一個小時後娃娃車就要到家門口了。她和女人都不在家，不趕回去就沒有人接孩子。因為女人堅持不吐唾液，所以不知道何時結束。唾液分泌量檢查結束後還要去見醫生，她不可能丟下女人自己先回家。況且，檢測是否罹癌的血液檢查結果也還沒出來。

「您再這樣下去，恐怕四點多才能回家了。」

聽她這麼說，女人才不得不張開嘴。由於女人的雙唇閉得過緊，張開時發出了像是線頭斷開的聲響。為了用力匯聚唾液，女人的雙頰像深井一樣凹陷下去。女人把紙杯拿到嘴邊，就在要吐出唾液的瞬間，她冷漠地調頭走出了檢查室。她才不想看女人吐唾液。

她走到等候區，坐在椅子上翻開一本女性雜誌。不知道是女人還是其他人發出的呸、呸聲斷斷續續地從檢查室傳出來。莫名變得敏感的她用力翻著雜誌，看到最後一頁闔上雜誌時，女人也沒有出來。

後來才得知，女人吐了五次唾液後，咀嚼口香糖又吐了五次。與之前一樣，每隔一分鐘吐一次，共吐了五次。這是為了測量咀嚼食物時的唾液分泌量。硬是吐了十次唾液的女人從檢查室走出來，臉色已經蒼白得發紫。

測量唾液分泌量的醫療器材只有計時器、紙杯、一顆口香糖、漱口水和小鏡子。不知道測量唾液分泌量的儀器是尚在開發中，還是認為無需什麼尖端設備所以沒有開發。令她驚訝的是，市面上可以看到各種儀器，就連透過測量狗吠強弱和速度來分析狗的情緒與心情的儀器都有了，卻沒有測量人類唾液分泌量的儀器。

做完唾液分泌量檢查後要與醫生面談，面談既冗長又無聊。熱情洋溢地講解治療方法的醫生突然停了下來，問女人：

「所以如果覺得非常口乾，要怎麼做呢？」

醫生大概四十出頭，戴著一副亮閃閃的金框眼鏡。女人呆呆望著醫生，聳了一下肩膀。顯然醫生也意識到患者並沒有在認真聽自己講話。

「您的唾液。」醫生說道。

「唾液……」女人喃喃重複，彷彿不知道唾液是什麼。

「剛才不是告訴您了，如果覺得口乾該怎麼做嗎？」醫生表情嚴肅地凝視著女人。

「唾液……」女人話說到一半，又閉上了嘴。

醫生看向她，尷尬地聳了聳肩。

「媽，您也真是的，醫生不是說教您多喝水，吃一些有助刺激分泌唾液的水果嘛。像橘子、番茄……」

她立刻收回伸向女人肩膀的手。那瞬間，她覺得女人的身體就像不可隨便亂摸的標本。兩個女人生活在同一屋簷下，卻從未有過身體上的接觸，甚至連手都沒牽過一次。女人的肌膚是光滑還是粗糙，體溫是冰冷或溫熱，她只能用猜的。聽聞有的媳婦跟婆婆相處得親密無間，還會結伴去泡溫泉，她覺得陌生得像在聽另一個世界的故事。她沒見過女人赤身裸體，也不想看。同樣的，她也不想讓女人看到自己赤裸的身體，更別說去看女人乾燥的口腔了。

確診為口乾症後，在回程的計程車裡，女人和她就像事前講好了一樣，隻字未提檢查結果。女人本就沉默寡言，與女人在一起時，她也自然變得不愛講話了。丈夫算是話多的男人，看到他與女人在一起時也會變得像啞巴，不禁覺得女人根本是話題終結者。司機難以忍受她們之間的沉默，調大了廣播音量，交通電臺播報著國道發生連環追撞事故的新聞。從醫生口中得知的檢查結果，就像電臺播報的新聞一樣，讓她覺得很不現實。計程車開出國道進入市區，在等紅綠燈時，司機透過後視鏡瞥了一眼兩個女人，似乎很好奇她們的關係。

對於自己罹患口乾症，女人並不感到驚訝，也許是覺得這不是什麼大毛病。但她覺得就算是罹癌，女人可能也會無動於衷。做完唾液分泌量等一系列檢查後，醫生為女人詳細解釋病名、症狀和治療方法，女人也一副事不關己的態度。茫然地覺得口乾和從專家口中得知病名，在感覺上是天壤之別的，但女人就只是默默聽著。

她不在乎司機有沒有在聽，眼看計程車快要抵達前，她不得不念了女人一句。如果一句話也不講，那在醫院因為女人而承受的壓力就會積在心底。一想到女人把別人當成自己，跟著人家走了，害得自己到處找，她就氣憤不已。

女人的口腔。說實話，就像她從未走進、不容易走進，更不想進入的洞窟，既孤寂又神祕的迷宮。她又怎麼可能知道那裡是乾燥的，還是濕潤的呢？

從醫院回來後，她時而還是會想起女人跟在陌生人身後的樣子。幸虧有找到女人，不然真不知道會跟著人家走去哪。有時她也會後悔，當時怎麼不乾脆置之不理，看女人能走去哪呢。至今她還是很好奇，女人是否仍堅信緊緊跟隨的人是自己。

「那天在醫院，您跟著的人是誰啊？」

「……？」

「不是我，那個是誰啊？」

「是妳……」

「不是我。」

「我不跟著妳，還能跟著誰……」

奇怪的是，她竟想不起女人跟隨的陌生人的衣著和相貌了，就連那個人外衣的顏色，髮型也記不清。她親眼看到女人跟在人家身後，卻連那個人是男是女都想不起來。難道女人堅稱是她的那個人是幽靈？因為沒有能喚醒女人的有效方法，她只能選擇放棄，不再去想這件事。

繁殖後記

仔細想來，唾液變乾是可能發生在每個人身上的常見症狀。人生在世，誰都體驗過口乾舌燥，重點在於這種症狀是暫時的，還是持續的。女人的問題就在於不僅持續，而且乾燥程度也越來越嚴重。無論喝多少水或是吃橘子、奇異果等酸酸的水果，或是咀嚼口香糖、用手指輕按下顎來刺激頷下腺都沒有用，女人的症狀絲毫不見好轉。

真不知道這期間，女人又有多少唾液變乾了……

在停水的情況下，想起女人唾液變乾的事令她更加煩躁。她覺得女人就像眼中釘、肉中刺，甚至懷疑起自己是怎麼和女人在一個屋簷下生活了五年。但她心知肚明，提出同住的不是女人，而是身為媳婦的自己。

確診為口乾症已經一個多星期了。她產生過這樣的疑問：為什麼變乾的偏偏是唾液？眼淚變乾不是更好嗎？但她轉念一想，眼淚似乎不太適合女人。她從沒見過女人流淚，可能女人體內已經沒有淚水了吧。女人的雙眼總是像葡萄乾般乾燥，彷彿一生都沒流過一滴淚，所以對女人而言，眼淚變乾很不合理。汗水感覺也不適合女人，因為即使是三伏天，女人也不開風扇，根本不怕熱。再說，汗水變乾也不是什麼問題。只聽過有人因為汗如雨下而苦惱，沒見過有人因為不流汗而煩惱。早就沒有奶水的女人，若奶水再次變乾，豈不是很奇怪嗎？想來想去，對女人而言，能變乾的就只有唾液。

而且，女人和唾液有著微妙的相似之處。在女人體內生成並排出的各種分泌物中，偏偏變乾的是毫無存在感、比重和價值都很微不足道的唾液。因此她才覺得，比起淚水之於女人、汗水之於女人、鼻水之於女人，唾液之於女人的組合最搭。怎麼能說女人像唾液呢……再怎麼說女人也是她的婆婆，不知情的人聽到這種話，說不定會覺得她在瞧不起女人。但她還是不想否認自己的想法，況且從賦予女人的角色和作用來看，也像極了唾液。

第一次做檢查時，她透過醫生得知唾液對人體的重要作用。醫生說，唾液中有百分之九十九點四的成分是水，剩下連百分之一都不到的百分之零點六的成分，才有關鍵性的作用。那百分之零點六中包含了幫助消化的黏液和酵素，以及由鈉、鉀、氯化物、鎂、碳酸氫鹽和磷酸鹽等成分構成的電解質。

五年前，她決定和女人同住是有原因的。這年頭沒有原因和目的，哪有媳婦願意跟婆婆住在一起呢。況且很多婆婆也會主動提出分開住，因為不想上了年紀還要看媳婦臉色過日子。但她迫切需要一個可以代替上班的自己負責家事和照顧孩子的人，無論是婚前就在做的工作，還是出生不滿百天的孩子，以及沒完沒了的家事，她都不想放棄。

結婚前她就想好了，即使生了孩子也要繼續上班賺錢。很多女人會為了育兒辭掉工作，回家做全職主婦，但等到孩子上國中後，又為了幫孩子繳補習班學費，不得不去大賣場打工或當保母。她不想像那些女人一樣，況且身邊就有一個這樣的例子。她的大姐曾是郵局約聘員工，兩個孩子出生後，大姐就回家當全職主婦，老大上國中後，便不得不去大賣場打工。大姐把每天工作五、六個小時，在地下的食品區蒸餃子或煎糖餅賺的錢，全部拿去給孩子繳學費了。

她覺得女人是負責家事和照顧孩子的最佳人選。以她的薪水根本請不起鐘點和到府保母，而且丈夫也不是有能力賺大錢的人，他那點薪水只夠維持生計。她思前想後，都沒有比女人更適合的人選了。她的母親在做水產乾貨的生意，打從一開始就沒考慮母親。電話銷售員是三班兩輪制，很難請到幫忙照顧孩子的保母，就算能請到人，費用也不是筆小數目。她也考慮過請一位朝鮮族[2]到府保母，但算來算去，請保母的費用加上尿布和奶粉的錢，絕對會入不敷出。

說實話，直到短短三個月的產假快要結束前，她都絲毫沒有想要和女人同住的想法。而且婚前她就已經向丈夫表明了不想奉養婆婆。她明知女人只有這一個兒子，提出這樣的要求很刻薄，但還是覺得有必要講清楚。她甚至做好如果丈夫不同意，就重新考慮這樁婚事的心理準備。當時丈夫很為難，但也不想放棄這門婚事，已經三十五歲的丈夫娶妻心切，也知道自己沒

2 來自中國東北地區的少數民族，大多是十九世紀後遷入中國的朝鮮族人後裔。

時間挑三揀四了。雖然當時她也三十二歲了，漸漸淪為人們口中的老處女，但如果丈夫不同意，她也不想委曲求全。

總之，在產假結束一週前，她得出了必須跟女人同住的結論。在女人搬離全租屋[3]、住進兒子家前，每天都要搭公車，再換乘兩次地鐵來幫忙照顧孩子。她上夜班時，女人會留下來陪孩子過夜，然後為早上回來的她準備早餐，再回自己家。

她提議同住時，女人沒有顯得特別高興，但也沒當面拒絕。雖然女人看起來不是很情願，但並沒有流露討厭的神情。回想起來，女人一直都是這樣，就像沒有自己的想法一樣。她和丈夫交往時，丈夫說有結婚對象，把她帶回家介紹給母親時，女人也沒什麼表態。之後選好日子、預訂了禮堂，兩家互換了少得不足掛齒的禮物後，女人還是毫無反應。但在聽到這個突如其來的提議時，女人一時還是難掩困惑。

「讓我跟你們一起住？」女人的語氣像是在自言自語。

「您一個人住不寂寞嗎？」需要幫助的人明明是她，她卻表現得好像善心大發，扮演起孝心至誠的媳婦在可憐獨居的婆婆。

「怎麼住在一起……」

「媽，瞧您問的，您搬過來不就行了嗎？」丈夫插嘴道，他的語氣好像在說，同住就跟把豆子和米摻和在一起一樣簡單。

「最好是您搬來跟我們一起住。」她就像這件事已經決定了般，堅定的說。

「那我要趕快打給房東，把房子先退了。」急性子的丈夫拿出手機，馬上打給房東。

雖說女人住的是全租屋，但已經在那生活了十多年，住出了感情。女人住的首爾郊區沒有地鐵，附近也沒有大賣場，但三十多年來女人從未離開過那一區。對女人而言，突然離開生活了多年的家和環境並不是件簡單的事，但她和丈夫根本無心考慮這些，恨不得馬上帶女人回家顧孩子。

「您得看著孫子長大，享受天倫之樂啊。」

聽了她的話，女人投降似的垂下頭。她覺得用兩全其美、皆大歡喜這種詞來形容眼下的情況再恰當不過了。因為她可以繼續工作，女人會替她挑起家事和育兒重擔，還能讓女人覺得自己並非老而無用，甚至感到安心和驕傲。無論作為女性還是母親，女人肯定覺得自己早已一無是處了。畢竟在很早以前，女人就已經停經、喪失了所謂的繁殖能力；孩子也都長大成人，各自獨立。但現在，媳婦在向自己求助。她覺得聽到這種提議，女人心裡一定很高興。況且兒子結婚後，女人一直一個人住，再沒做過任何事。就連擁有像樣職場的男人過了五十歲都會被人當成磨損、廢棄的零件，更何況是年過花甲的女人。

她與丈夫談及婚嫁時，女人偶爾還會去小菜店打工賺些零用錢，而且那時還有兒子的薪水。丈夫單身時，薪水都由女人管理，薪水會全部匯入女人的帳戶，然後丈夫再跟女人領零用

3 房客繳納一筆押金後，期間不需再付租金，待租約期滿時，房東須還回全部押金。

錢。但在他們選好結婚的日子後，雖然還是戀人關係，她就提出要管理丈夫薪水的要求。起初丈夫還擔心女人心裡會不是滋味，但顯然他的顧慮是多餘的，因為即使薪水遲遲沒有匯入女人的帳戶，女人也沒有問一個字。

女人搬家前，會在家裡做副業貼補家用。偶爾去女人家時，會看到房間角落放著一個大紅盆，裡面堆滿壞掉的拉鍊。女人會用鐵鉗和剪刀分解拉鍊，然後按照布料、金屬和塑膠分類，再裝進不同袋子裡。分解十條拉鍊可以賺十元。她見過女人用力拽下拉鍊頭的樣子，想到那條拉鍊好似女人滿口的壞牙、鐵鉗拽下來的拉鍊頭就如同鑲的金牙時，她不禁皺起了眉頭。女人沒有經濟來源，只能靠做這些雜活貼補家用。雖然一個人住，但開銷也不小，每個月都要繳水費、電費和瓦斯費，也要買些豆腐、豆芽菜之類的食物解決溫飽。

雖然兩個女兒偶爾也會寄一些零用錢給女人，但不用問也知道沒多少。女兒一個住在大邱，一個住在釜山，日子過得不上不下。然而，身為兒媳的她也不是每個月都給女人生活費。婚前她就定好了原則，在買大樓公寓前，每年只會在女人生日、中秋和新年時給一筆生活費。她心想，如果女人能開一間小菜店，收入一定會很不錯，畢竟之前有在小菜店打過工。況且，每個社區都有很多看上去早就可以領取敬老卡的女人在經營小菜店。

女人走路很慢，感覺膝蓋不是很好，但還不到要去復健科接受物理治療的程度。她母親的膝蓋和腰都不好，治療關節炎和控制高血壓的藥已經服用了十多年，現在每天吃過早餐後就會像上班打卡一樣，到家附近的復健科做物理治療。不知道是天生體質關係，還是年輕就很注重健康，女人沒什麼疾病，也沒有固定服用的藥物。當然，要是女人不健康的話，她壓根就不會考慮同住。本來想請人照顧孩子，要是最後變成自己要看護病人，她才不做這種賠了夫人又折兵的生意。但她怎麼會想到，連最常見的高血壓藥都不服用的女人，竟然罹患了口乾症這種怪病。

跟女人一起生活已經快五年了，但就像最初一樣，現在的她仍對女人知之甚少。

女人的老家在忠清南道的扶餘，小學勉強畢業後，十七歲來到首爾，在東大門做紡織生意的親戚店裡做事，之後結婚生了兩個女兒和一個兒子。女人才三十六歲便成了寡婦，獨自一人把三個孩子撫養長大，做過保母、養樂多媽媽、公車公司的清掃員，還在餐廳的廚房打過工……可以說女人什麼粗活都做過了。關於女人，她知道的就只有這些，還是從丈夫口中得知的。女人的一生令人痛心，她卻對此沒有絲毫同情。雖然婚姻讓她們成為了一家人，但可能是因為沒有血緣關係才會這樣吧。她覺得除了過早守寡，上一代的女人差不多都是這樣的命運。近的有她的母親和阿姨，遠的如朋友的母親，上一代女人的一生都過得很苦。上世紀的女人彷彿也接受了女人都是這麼活過來的說法。

女人平淡無奇的經歷和處境，如同汆燙的菠菜般窮困潦倒的樣子，雖然讓她覺得丟臉，但也沒那麼討厭。正是因為這一點，她才能夠把身為婆婆的女人不放在眼裡。如果是很有主見、聰明的婆婆，就不會乖乖來幫她做家事、帶孩子了，她還得費心討好那樣的婆婆。對女人就完全不用擔心這些，既不用刻意取悅女人，也不用擔心自己沒有接受良好的教育，得看女人臉色，更不用因為做水產乾貨生意的母親和遊手好閒的父親而抬不起頭。

遇到現在的丈夫前，她交往過一個母親是國中教師的男人，那時她便切身感受到無形的階級與身分的高牆。在還沒見過她以前，那個男人的母親就因她的職業、專科畢業的學歷、窮困潦倒的家庭表示了不滿，連販售中古車的哥哥也成了反對她進門的汙點。可笑的是，男人的母親卻忘了自己的兒子為考取七級公務員，已經在鷺梁津的考試村浪費了五年的人生。「差異」確實很大，好似住在蛋黃區的大樓與老公寓那麼大。即使是相同的坪數、格局、景觀和位置，但大樓的房價更高。她希望在大樓養大自己的孩子，這也是她為什麼不肯放棄工作，寧可與婆婆同住的原因。

她不想像自己的父母一樣住在首爾郊區的小房子裡，平庸地過一輩子。每當想起當年受的羞辱，她還會氣得渾身發抖。但她偶爾也會想像，如果那個男人的母親成了自己的婆婆會怎樣。那個女人一定存了不少錢，退休後每個月還能領退休金，說不定在經濟方面可以提供一些幫助吧？她有一個大學同學的公公是區政府的公務員，據說公公會用自己的退休金負擔孫子孫女的教育費。但問題是，那個同學的丈夫一心只想著，只要父親不死就能定期領退休金，經常動不動就辭職。

搬進兒子家的女人像朝鮮族到府保母一樣任勞任怨，沒有違背她的期待。女人會在清晨起床，為六點半就要去上班的兒子準備早餐，夜裡也會照顧哭鬧的孩子。多虧女人，她才能夜夜好眠，上夜班也不用擔心孩子。孩子兩歲了，她連一次尿布也沒換過，徹底把孩子託付給了女人。女人對孩子斷奶後的飲食特別用心，剛出生時只有三公斤的孩子，小臉蛋也漸漸變圓，誰見了都說是健康寶寶。女人聽聞學前教育很重要，天天為孩子讀她買來的成套故事書。只有小學畢業的女人還會用不知從哪學來的英文讀英文故事書，雖然書裡只是一些像「Apple」和「Dog」的簡單單字，但在學歷同樣不高的她聽來，女人的發音還算不錯。

女人不愧做過保母，家事做得令她十分滿意。即使孩子把家裡弄得亂七八糟，女人也會立刻整理得乾乾淨淨。女人從未拿孩子當藉口不洗碗、不洗衣服，每天用熱水燙過、好似漂白過的抹布就會像女人存在的標誌一樣掛在廚房。女人的料理手藝也無可挑剔，甚至教人覺得不開一間小菜店實在太可惜的地步，特別是一些傳統小菜，像是用大醬醃的蘇子葉、塗抹糯米糊晒乾後油炸的炸海苔脆片、麵粉中加入辣椒醬和碎水芹的辣椒醬菜餅，以及涼拌得酸甜可口的海帶芽。雖然無法期待女人煮出近期很多餐廳推出的複合式新菜餚，但家常菜吃起來就是安心可口。光是看女人用海苔和鯷魚熬高湯就知道，菜裡沒有使用什麼調味料。如果沒有住在一起——準確來說是，如果沒有住在一起的必要，她可能會幫女人物色地點，開一間小菜店。

雖然娘家、朋友，以及之前跟婆婆同住的友人都表示擔憂，她還是決定和女人同住。對她而言，這是最佳的選擇，而且沒什麼損失。也許婆媳間計較得失很沒人情味，但如今的社會不是連親生父母和子女也在計較利益關係嗎？女人一個人帶大三個孩子，卻沒想過要從孩子身上得到任何補償。她還以為女人會盤算著靠兒子養老，顯然她多慮了。女人非但沒在親戚面前炫耀過自己在替上班的媳婦帶孩子。甚至連週末都會替忙著回娘家、參加婚禮和逛街的她做家事和照顧孩子。

最重要的是，女人從未提過做這些事的代價。從女人扮演的角色來看，完全就是一個到府保母。最初提議同住時，她有承諾每個月會給女人一筆辛苦費。果不其然，女人沒有提出具體金額。照理說，誰都會好奇金額的數目，女人卻沒問過。說得好聽是辛苦費，但與女人做的相比，那點錢只能算是零用錢。起初她還暗自定了一個金額，但到了給錢的日子又覺得捨不得了。剛過百天的孩子需要用錢的地方很多，所以她從信封裡抽出五萬元後才遞給女人。明明是該拿的錢，女人卻像是自己在討債似的，遲疑地接過信封，然後隨手放在電鍋下面。她心想，是不是給太少了？但轉念一想，這跟女人做副業賺的錢比起來已經很多了。回想女人坐在大紅盆前，分解十條拉鍊才賺十元，現在也不用整日坐在那分解拉鍊，這麼算下來，金額可能差不多。想到這，她便感到心安理得。再說，女人現在住在自己家，還能有什麼開銷？女人一生不懂得打扮自己，根本不會買什麼化妝品和新衣服。退了全租屋的押金一定也都存進了銀行，利息應該不少。

凡事精打細算的她漸漸開始延遲給錢的日期，起初會晚一兩天，後來經常是三、四天。女人對此隻字不提，只是默默等著。雖然不知道女人怎麼想的，但收到的這點錢又都花在了孩子身上。孩子過生日和過節時，女人都會買新衣服給孩子。她假裝不知道那些錢是自己給的辛苦費，更沒有阻止女人這樣做。這筆少得可憐、恐怕還會遭人嘲笑的辛苦費卻在孩子上幼稚園後又減少了一半。她隨口對女人說，孩子用錢的地方多，自己也沒辦法。其實她心想的是，既然照顧孩子的時間少了，少給點也是理所當然的，女人一定會理解。當然，她沒跟丈夫商量減少辛苦費的事，因為家裡掌管經濟大權的人是她。有時她也會自責是不是太刻薄，但每當這時，她就會想起一個事實——女人不是別人，而是孩子的奶奶。她總是在關鍵時刻想起這個經常遺忘卻無法否認、如真理般不會改變的事實。身為孩子的奶奶，犧牲一點不行嗎？話說回來，這個月的錢她還沒給女人。她很好奇女人是否知道自己正在苦惱要不要繼續支付這筆費用。

總之，因為女人默默的犧牲，她才能放下不滿百天的孩子安心去上班。即使她沒有表露出來，但心裡應該比任何人都清楚這一點。但即使如此，在她眼裡女人依舊是個陌生人，有時甚至比陌生人還要陌生。之所以會這樣覺得，是因為女人給人的感覺就像朝鮮族保母，合約到期就會馬上走人。即使女人不是租來的飲水機或免治馬桶座，還是不免讓她覺得女人存在使用期限的錯覺。

她們一起生活了五年，五年時間，無論是因愛生恨還是因恨生愛，都足以培養出某種感情。然而，在她和女人間沒有培養出任何感情，不要說愛了，就連恨也沒有。她們非但沒吵過架，連對彼此的不滿也沒有寫在臉上過，自然不會心生怨恨。她不討厭或怨恨女人，只是對女人沒有感情而已。

她的母親告訴她，有恨才算是一家人。也許母親的話是對的，所以她才不覺得跟女人是一家人。而且她把沒有培養出一絲感情的原因都歸咎在女人身上，因為女人除了家事和孩子，對任何事都漠不關心，也不會主動了解別人。只要是人都會對別人心生好奇，女人卻不然。她從沒聽女人提起過同棟樓的鄰居、親戚或大眾熟悉的明星，甚至對自己的女兒和兒子也隻字不提。難道這可以看成是很公平的一件事嗎？女人對身為媳婦的她也是如此。女人不會特別問她具體是做什麼工作，月薪多少，畢業於哪間學校。相較於那些想方設法想知道媳婦什麼時候領獎金、金額多少的婆婆，這樣的女人更舒心，但她多少還是會感到失落。有時，她甚至懷疑女人連自己的名字和年紀都不知道。

也許是連恨意也沒有，所以才會那麼不擔心女人唾液變乾的事。說白一點，她擔心的是因口乾症而產生的醫藥費。所以當女人診斷為口乾症時，身為監護人的她即使陪在一旁，也還是忘了女人的唾液在變乾。醫生在講解病情時看著的人是她，不是女人，就像唾液在變乾的人是她，判定她罹患了口乾症一樣。

進化與滅絕之間

說實話，即使女人被診斷為口乾症，她還是覺得不過就是唾液，能乾到哪去？沒想到女人的症狀不但沒有好轉，甚至越來越嚴重。她作夢也沒想到會因為口乾症而後悔與女人同住。到大學醫院口腔科做第二次檢查時，她第一次感到後悔。她沒心情回想五年前為什麼決定住在一起，以及這五年來是如何得益於女人的幫助才能安心去上班。

更不湊巧的是，也是女人做第二次檢查期間，她不得不離職了。突如其來的失業與女人無關，她卻埋怨起女人的口乾症，彷彿那是導致她失業的罪魁禍首，怨恨的矛頭直接指向女人的唾液。若非要辯解，只能說當時可以埋怨的對象只有女人的唾液。自尊心不允許她厭惡自己，也不能把氣出在才六歲的孩子身上。要去怪罪經常出差和加班而飽受慢性疲勞折磨的丈夫，或是長年患有高血壓和糖尿病的母親，她又於心不忍。她也不想盲目地責怪這個世界，因為她知道怨天尤人只會增加無謂的自卑感，讓自己更加難堪。二十歲時，一直無法擺脫的自卑感是她最厭惡、害怕的情緒，她不想再身陷深不見底的自我貶低和近乎自虐的絕望中折磨自己。按理說，抱怨突然單方面解僱自己的公司最為合理，但她覺得這樣只會讓自己的處境變得更可笑、悲慘。

反正要找埋怨的對象，女人變乾的唾液感覺更好欺負，也很合適。不會有人因為她埋怨女人的口乾而指責她，況且這種埋怨也不會讓女人的唾液變得更乾。反正本來就只會越來越乾……她甚至想，不埋怨這個還能埋怨什麼呢？埋怨的是口乾症，又不是女人，所以也不覺得對不起女人。再說自己也不是公然埋怨，只是在心裡默默地，也不用擔心女人會傷心。女人顯然也不知道媳婦在埋怨毫無過錯、甚至嚴重到需要服藥的口乾症。

她甚至萌生出荒謬的想法，覺得女人的唾液變乾反而成了一件好事，甚至希望女人的口乾症可以持續下去，哪怕自己從失業的衝擊、空虛和不安走出來後也一直持續下去。也許是怨念太深所致，從某一瞬間開始，她真的產生了錯覺，覺得自己失業就是因為女人變乾的唾液。

那是身為母親的她，放棄親手帶大孩子的喜悅與意義而選擇的工作。即使電話銷售員的工作量大、離職率高，還會引發極大的壓力，但她從沒想過放棄。每天都要接聽從不間斷的訂購、諮詢電話，還有那些因發貨延遲而打來的抗議電話，以及準時收到商品後，卻對品質大失所望要求退貨和賠償的電話。她不知接過多少令人心煩的電話，像是覺得電視裡看到的窗簾很高級漂亮，收到後覺得只是廉價布料；買了鑽石塗層不沾鍋，使用後發現掉漆；衣服尺碼不合身，硬是要求退款。深夜購物臺賣內衣時，還會接到變態打來性騷擾。顧客僅以收到的商品與電視上看到的不同、沒有在指定時間收到貨為由，把錯都怪到電話銷售員身上，恣意地發火。

即使再委屈、不悅，電話銷售員依然要把電話另一頭素不相識、看不見也不想看見的顧客視為上帝，保持一貫親切溫和的語氣。因為這份工作要求：第一是親切，第二也是親切，第三還是親切。

承受這麼大壓力的她突然收到了一封郵件，然後在被解僱名單中赫然發現了自己的名字。被解僱的人名就像餐廳菜單，泡菜湯、嫩豆腐湯、辣燉鯖魚、辣燉白帶魚、砂鍋牛肉那樣排列下來，無從否認也不能改變，就像刺青一樣印在身分證上的金美善三個字映入她的眼簾。她突然覺得自己這個再普通不過的名字，就像早已滅絕的動物的名字，既陌生又遙遠。這個名字常見到從國小到高中，總會遇到一、兩個與自己同名的同學。美麗的美，善良的善，意思也很簡單易懂。父親認為，自古以來，女人的最大美德就是美麗和善良，所以給她取了這個名字。大受打擊的她愣愣地看著自己的名字，覺得自己就像曾在地球上存在過的動物化石，不至於絕種，但終究淪落為跟婆婆一樣用途已盡、一無是處的人。想到這，她感受到強烈的不安與恐懼。

公司聲稱是以業務能力、工作態度及顧客評分判斷客服人員的去留，但她知道這不過是冠冕堂皇的藉口。無論是正職還是約聘，每次公司解僱員工都是給出以上三種理由，但從不肯公開評分，顧客評分的方式也是個謎。但有一點是可以肯定的，那就是能取代無預警被解僱的她的大有人在。

不知從哪一年起，公司開始透過人力派遣公司招聘員工。那是一批年僅二十出頭、生機勃勃且廉價的可用之才。結束五天左右的教育訓練後，新手便可以掌握身為電話銷售員必備的態度和技巧，儼然一種新生物的登場。但不知是適應能力低還是環境太惡劣，或是生存意志力薄弱以及生存期本來就很短的關係，這些新生物瞬間登場，隨即在轉眼間便消失得無影無蹤。有些人甚至像夏末的蜉蝣，只出現一、兩天就消失了。正如她以警惕和好奇心觀察到的那樣，這種新生物的生存期平均為半年，長則一年，不到一年便消失的不計其數。雖然新生物的適應能力低，繁殖力卻非常強大，其數量會在短時間內以幾何級數增長。這些不是正職也不是約聘的派遣工，到底是從哪裡找來的呢？始終讓人百思不得其解。

伴隨新的消費市場與模式，電視購物頻道的興起引領了一股風潮。也就是在那時，她找到了這份工作，以正職身分成為購物臺的電話銷售員。得益於正職身分，她才可以休三個月的產假。由於購物臺是二十四小時直播，三班兩輪的工作強度非常大，加上自動連線系統，她不只一次覺得自己就像臺自動應答機器人。那些看不見臉、只能憑藉聲音和螢幕上的資訊應對顧客，有時甚至令她作嘔。

因為每天要接多達一百二十通的電話，她不得不去耳鼻喉科治療耳鳴。但因為是正職，她無法輕易辭去這份工作。況且，從主管做到經理又是何等不易的事。她很清楚，專科大學畢業、只有Excel證照外加已婚標籤的自己，能做的就只有這份工作了。四年制大學畢業都還找不到工作的畢業生比比皆是，青年失業率高達三十萬人已成為當今的社會問題。如果不是正職，別說休產假，可能早就被解僱了。

雖說是正職，但其實與約聘職並無差異，期間被勸退離職的正職員工也不只一兩個。在五百名員工中，包括她在內的正職只剩下三十個，她就像小強一樣頑強地生存了下來。其餘四百七十名不是約聘就是派遣工。每次在廁所或休息室遇到那些陌生、稚氣的派遣工，正職身分都讓她引以為傲、覺得安心。正因為這樣，她才不會對那些肌膚白嫩，尚未長出老人斑的小女生心生嫉妒。然而，這樣的她還是被解僱了，人力派遣公司培育出來的新生物占據了她的位置。但這些新生物最長也撐不過一年，她們會主動離開，或像自己一樣被趕走。

她不知道那些最長在購物臺撐了一年的新生物都去了哪裡，也不想知道。公司對這些消失的人絕口不提，故意隱瞞她們的行蹤。反正知道了又有什麼用？新生物可能去了比購物臺環境更惡劣的客服中心，連上廁所的時間都沒有，整日接聽電話；或是成為美容師或化妝師，報名醫美學院進修課程；再不然就是去便利商店、烘焙坊打工。那是四年前的事了。當時有多達三百個新生物就像同時人間蒸發一樣突然消失。這突如其來的情況，讓包括她在內的正職和約聘員工徹夜工作了一個星期，每天接聽兩百多通電話。

在新生物集體消失前，她們其中有一個人在馬上就要做滿一年的前十天突然被解僱，傳聞說是因為公司不想給退休金耍的伎倆。雖然之前也發生過這種事，但這次新生物們受夠了派遣公司把她們當成廉價消耗品，集體爆發了蓄積已久的憤怒。當時的氣氛別提有多亂、多恐怖。她卻對此漠不關心，為了業績，守在自己的位置上拚命接電話。但即使再忙碌，當她不經意抬起頭時，還是感受到極度的不安與壓迫感。身邊的人彷彿都消失了，只剩下自己守在原地，天花板上的大螢幕也只顯示著她的專屬電話線數字「245」，無論接聽多少電話，那個數字也沒有改變。她突然渾身發抖，極力否認現實的同時，緩緩轉頭看向前後左右的位置，四周空無一人，天花板上的大螢幕一直顯示著「245」。後來事情越鬧越大，甚至提起訴訟，購物臺最後換了一間派遣公司。新的派遣公司又送來一批與之前消失的新生物一樣的新人，就像是只換了商標，品質和設計毫無改變的商品。

一想到自己半夜一、兩點還像自動應答機器人一樣坐在日光燈下，接聽沒完沒了的電話，忍耐如同氯仿般足以麻醉意識的光線，她就開始胃反酸水。那時的她還會在心底嘲笑那些深更半夜不睡覺，買什麼套裝內衣、醬蟹、韓牛牛骨、電熱毯、養老保險的顧客。真不知道在搞什麼，半夜不睡覺買什麼牛骨頭，到底都是些什麼人啊？其實，她也知道購物臺的顧客不過就是一群普通人，像是抱怨從電視購物買的按摩器故障了的母親；訂購套裝內衣分著穿的姐妹；購買各商家的泡菜和醬蟹，然後仔細對比味道的朋友們。

曾幾何時，她一度相信婚姻可以拯救自己。與在鷺梁津考試村浪費人生的男人交往時，她也沒有放棄這種想法。為了那個屢考屢敗，喪失意欲，整日如蠶蛹般窩在考試院小房間裡的男人，她不辭辛勞地送去芳香除味劑、衛生紙、水果、烤雞、啤酒和披薩，結果還是分手了。直到與現在的丈夫交往，她也沒有放棄婚姻可以把自己從電話永不間斷的職場解救出來的希望。

與沒上進心的丈夫結婚生子後，她又產生必須在孩子還小時為他打下基礎的執著。只有這樣，才能在孩子入學後成為他堅強的後盾。即使沒條件送孩子出國進修語言，至少也要像別人家的小孩一樣送去補習班。這個社會存在著顯而易見的階級，更可怕的是，父母的階級決定了孩子的階級。人們會以父母的職業、身上的服飾、手提的包包、居住的公寓來評價他們的孩子。雖然「麻雀變鳳凰」這句話已經落伍了，但她還是希望自己的孩子可以成為飛上天的鳳凰。

仔細想來，埋怨變乾的唾液就等於是埋怨女人。若要說女人有什麼錯，就錯在過去五年來替她洗衣煮飯、打掃和照顧孩子。即便她心知肚明，也不覺得後悔，更不想反省自己埋怨女人的行為。不知為何，怨恨卻越來越深。究竟是多深的怨恨促使她親口道出，自己被解僱，都怪女人變乾的唾液呢？

偏偏她在高中同學聚會上說出了這件事，而且還是她生完孩子後很久沒參加的聚會。就讀女高時整天形影不離的同學好不容易聚在一起，但高興只是暫時的，很快她便覺得傷了自尊心。因為幾乎在同一時期結婚生子的同學聚在一起，難免會互相比較。不知為何，聽聞之前處境不比自己好到哪去的同學不是買了新房，就是經常出國旅遊，或是繼承了土地遺產後，她下意識地比較起自己卑微的處境，心裡十分不是滋味。

賣保險的同學一直纏著她買保險，她決定以此為藉口，之後都不要參加同學會了。做傳銷的同學每次都在聚會上拿出自己在賣的各種保健食品讓大家試吃，也讓她很有壓力，那個同學僅憑問卷調查就擅自判斷她的健康狀況，列出她易患的疾病，以及必須服用的健康食品清單。同學聲稱，她的健康狀況十分令人擔憂，必須服用維他命、鈣和礦物質等一系列健康食品。如果還要考慮丈夫和兒子，恐怕月薪的一半都要花在健康食品上了。

同學中也有人離婚；有人因丈夫想靠炒股暴富，結果賠掉公寓住進了娘家；有人剛做完乳癌手術，正在接受化療。她想不通，為什麼大家會發生這麼大的變化？其實這也不意外，聽大家聊起其他同學時，便也覺得大家的日子過得都差不多。總之，那天來參加聚會的十幾名同學中有三分之一是全職主婦，其他人都在工作。

她時隔兩年才難得來參加同學會，就只是好奇大家過得怎麼樣而已。同學會地點選在一間辣炒海鮮店，老闆娘就是擔任總務的同學，大家也是為了順道祝賀新店開業而聚在這裡。老闆娘身材矮小，以前總是排在最前面，高中畢業就嫁給比自己年長九歲的男人，現在最大的孩子都上國中了。這間店已經是他們經營的第三間連鎖店了。每次見到這個同學，她都會懷疑眼前這個人真是當年玩在一起的朋友嗎？已經禿成光頭的男人在妻子的同學面前賣力地炒著海鮮和蔬菜，動作大得讓紫蘇籽粉和辣椒醬濺得到處都是，還特意強調多送了大家兩隻章魚。炒得通紅的海鮮味道還可以，但太辣、太燙了。

濃妝豔抹的同學們剛碰面，立刻從頭到腳互相掃視一遍，然後一邊默默在心裡排名，一邊訴苦般的聊起自己的事。有人聊起跟丈夫的行房次數，有人聊起丈夫的親戚因出軌在鬧離婚，還有人抱怨總是看不順眼的妯娌，話說到一半氣得大口喝起啤酒。如果非要在這些話題中找出一個與鐵板中雜亂無章的食物的共同點，那就是這些話題都與女人變乾的唾液毫無關係。沒錯，同學講的這些事，都與女人變乾的唾液無關。

話題從餐廳移動到咖啡店後也沒有間斷。有人說，想開一間氛圍不錯的咖啡店；有人說，把一個孩子養到大學畢業，至少要兩億七千五百四十萬元；有人說，韓國國民人均負債一千六百五十萬元；有人說，這年頭累積資歷最重要；有人說，知名女演員離婚，其實背後另有隱情……就在她側耳傾聽這些不是自己又像是自己的，既沒有序論，也沒有本論和結論的閒話時，賣保險的同學小聲問她，有沒有買年金險。見她搖頭，同學咋舌道，怎麼連一個年金險也沒買呢？雖然她斬釘截鐵地說沒時間考慮養老的問題，同學還是滔滔不絕地介紹起新推出的投資型年金險。感到煩躁的她為了堵住同學的嘴，脫口而出了自己辭職的事。剛才就在一旁偷聽她們講話的人立刻插嘴問道，好好的工作為什麼不做了？那個同學在念書時就很愛多管閒事。碰巧那時她對女人變乾的唾液心存怨恨。在座的人聊完共同話題後，不約而同地把好奇的目光投向了她。

「因為唾液……」她隨口嘟囔了一句。

「唾液？」餐廳老闆娘瞪圓眼睛看著她。

「唾液……」她若無其事地喃喃道：「因為變乾的唾液……」

她也知道自己的回答像在猜謎，卻不想解釋給同學們聽。因為要解釋就得先從婆婆說起，講述一個毫無感情的人，如同觀看一齣不斷重播的電視劇，沒意義也沒意思。觀察力敏銳的同學一定都看出來了，她不是主動辭職，而是被解僱。

在回家的地鐵裡，她傷心不已，也意識到以後再也不會參加同學會了。炒海鮮時四濺的辣椒醬濺到她的高仿名牌包包上，直到下車，她的視線都沒有離開黏在商標上的辣椒醬。這個特地跑到東大門買的包包，幾天前看起來還很特別，現在卻顯得廉價可笑。煩躁至極的她走進家門時，女人正坐在餐桌前剝大蒜，家裡安靜得可以聽到秒針的滴答聲。大蒜皮堆放在桌角，她覺得像極了女人的唾液，瞬間皺起眉頭。她拖著邊角摩擦著地面的包包朝臥室走去，突然停下腳步，回頭看向女人。

「那個……」

女人抬起頭，用有話就快說的眼神看著她。

「算了，沒事。」她搖了搖頭。正要打開臥室門時，又回頭看向女人。「那個……」

「妳有話要說嗎？」女人小聲問道。由於唾液變乾，女人的聲音分了岔。「有什麼話想說，就說吧……」

「想說的話？」煩躁的她，語氣聽起來反倒像在追問。

「嗯，想說什麼就說……」儘管女人這樣講，聲音卻聽不出絲毫好奇。

「我能有什麼想說的？我怎麼可能有話想對您說呢？」

她無情地轉身走進臥室，粗魯地打開衣櫃，把那個赤裸裸證明了自己處境、厭惡至極的包包丟進衣櫃最深處。她不記得那天想對女人說什麼，但可以肯定的是，當時的確有話想說。在女人抬頭看向自己的瞬間，卻把想說的話忘得一乾二淨。

她大概是想說口乾症的事吧。除此之外，能有什麼話想對女人說呢？沉默寡言的女人就是有那種讓人忘記想說的話的魔力。與女人在一起時，她總是一聲不吭。即使有想說的話，但湧上心頭的空虛會讓她覺得說了也沒用，於是閉上了嘴。她和女人就像兩個被關在同一空間、擁有完全不同思維體系和溝通系統的生物，從不溝通地生活著。即使是關於孩子，她們也很少交流。除非是孩子高燒腹瀉需要送醫院，女人才會告訴她，否則對孩子也是隻字不提。

不知是幸還是不幸，自那天後，她對女人變乾的唾液厭惡至極的情緒漸漸消失，竟然沒有任何感覺了，就像之前從未心生怨恨一樣。也許是她醒悟，埋怨女人變乾的唾液不過是毫無意義的感情消耗，況且只拿女人的口乾症來洩憤，未免太傷自尊了。

不管怎麼說，曾經心懷怨恨是事實，現在卻經常忘記女人漸漸變乾、最終徹底乾掉的唾液。要是最終消失的不是唾液，而是女人，會如何呢？如果消失的不是可以嚥下或呸一聲吐出口，時而黏糊糊、時而微甜的唾液，而是女人本身呢？

如果女人像唾液一樣，一點、一點地變乾……

她斜眼瞥了一眼正背對自己擦地板的女人。女人如同蛞蝓般蜷縮著身體跪在地上，乍看就像黏在地上的唾液。女人偏偏穿了一件像灰紙板一樣粗糙泛黃、款式過時的洋裝，大概是在偏遠郊區的小店訂做的。那身打扮讓女人看起來更像鐘點保母了。女人自己知道這些嗎？去年女人過生日時，她在百貨公司買了一件洋裝給女人，但從未見過女人穿。雖然是半價的過季商品，也是她下很大決心才買的。當然，她把洋裝送給女人時有刻意隱瞞是半價，還特地強調是在百貨公司買的。雖然是過季商品，但百貨公司的衣服就是不一樣，那件洋裝時尚又華麗。

女人是不是把那件洋裝轉送給了自己的嫂子？跟女人有往來的親戚只有嫂子一個人，那個滿口慶尚道口音的親戚笑起來時，會露出如同鐵飯盒的蓋子般粗大、詭異又難看的金牙。那個親戚來過她家，當時還一直貼在女人耳邊小聲的嘀咕。她猜是在講自己的壞話，所以毫不掩飾不悅的心情，連留下來吃頓晚飯再走的客套話也沒說，就把人送走了。雖然那個親戚是長輩，但討女人的嫂子歡心幹麼？就算那個親戚不介入，現在的婆媳關係也夠讓她傷腦筋了。那個親戚臨走時，女人把什麼東西裝進黑色塑膠袋裡，兩個人拉扯了半天，最後親戚只好收下。她覺得那個黑塑膠袋裡裝的可能就是那件自己在百貨公司買的洋裝。

就在她胡思亂想的時候，女人蜷縮的身體壓得更低了，眼看就要趴在地上，低得讓人覺得女人不是在用抹布，而是在用額頭擦地。女人如同黏在地板上蠕動爬行的毛蟲，滿頭白髮讓女人看起來更像唾液了。凝聚的唾液。在做唾液分泌量檢查時，每間隔一分鐘往紙杯裡吐的唾液，應該就是那樣吧。

就像最初唾液沒有變乾一樣，女人的頭髮也沒有變白。女人五年前住進她家時，頭髮還很烏黑。雖說也能看到幾根零星的白髮，但連四十歲的她也有幾根了。算起來，女人那時只有五十多歲，住進她家沒多久是五十九歲的生日，若按足歲算，當時女人才五十七歲[4]。

到底是什麼心理呢？為什麼女人眼看自己的頭髮從黑變灰、從灰變白也不肯染髮？雖然女人的雙頰凹陷、眼皮鬆垂，但皺紋並沒有爬滿整張臉，仍保留中年女性的神態與感覺。只要用心妝扮一下，看上去大概只有五十出頭。滿頭白髮與女人的那張臉很不協調，以至於她每次看到那張臉都很不舒服。不知道女人是不會染還是不想染，還是根本不在乎外貌，所以從沒想過這件事。她無法理解這樣的女人，因為她只要看到一根白頭髮就會覺得自己老了，開始鬱鬱寡歡。最後她得出的結論是，女人可能是從早到晚做家事、照顧孩子，所以沒時間去想頭髮的事。

女人仍在賣力擦著地板，渾然不知自己在媳婦眼中變成了唾液。剛才屁股朝向沙發的女人，不知不覺間轉向了她。每當女人用力時，屁股也會跟著一扭一扭的。

「真像唾液。」她故意大聲說道。

但女人一點也不驚訝，甚至毫無反應。她還以為提到唾液，口乾舌燥的女人會有所反應。

「簡直就跟唾液一模一樣。」她衝著女人的後腦勺，語帶諷刺的說。

女人仍舊無動於衷，只是把握著抹布的雙臂伸得更遠，身體壓得更低。難道女人是為了迴避她，才把臉轉過去？她覺得女人正在悄然老去，彷彿蜘蛛在女人臉上結下了蜘蛛網般的皺紋。

4 韓國傳統的年齡算法，出生即為一歲，每年一月一日也會增加一歲。

露西之後，K策略

物種為了在絕對的自然環境和弱肉強食的殘酷世界生存，並且免於絕種危機而傳宗接代，進化出了兩種基本的繁殖策略——r—擇汰物種（r-selection）和K—擇汰物種（K-selection）。物種根據自身所處的環境與能力，會變成r策略家或K策略家。在頻繁發生乾旱、洪水、颱風等自然災害，或變化難測的環境中，大量繁殖後代無疑成了傳宗接代的最佳方法。體型小、懷孕周期短且幼崽死亡率高的物種亦是如此，因為繁殖數量越多，存活率就越高。像是細菌和病毒等繁殖速度極高的物種都會選擇r策略，特別是昆蟲類有很多r策略家。與之相反，K策略家主要是體型大、生活在安全環境下的物種，而且同種之間的競爭激烈，存在固定的死亡時間。哺乳類和靈長類會選擇K策略，其中最為極端的就是人類。

身為人類的她，自然成了K策略家，孩子就是K策略物種。但對她而言，根本沒有第二個選擇。她也覺得孩子沒有兄弟姐妹會很孤獨，也想過再生一個女兒或兒子，卻一直提不起勇氣。她時不時會冒出既然有了兒子，何不再生一個女兒的想法，但她實在沒有信心再挺著大肚子撐過三班兩輪的工作，熬夜加班了。就算是懷孕也要上夜班，更何況五百名員工中只有她一個人懷孕。即使害喜嚴重到快要把整個胃都吐出來，雙腳浮腫讓她走路像水鴨，肚子大得像岩石一樣重，她還是要照常上夜班。眼看五天後就是預產期了，還是得搭公車再換兩次地鐵去上班，接聽全國各地打來的電話。為了抑制嚴重的孕吐，她偷偷把蔬菜餅乾含在嘴裡，一邊用唾液融化餅乾，一邊接電話。就這樣，時間一天天過去，她的肚子也慢慢變大了。

她忘不了懷孕六個月時的某一天，那是工作到凌晨時發生的事。害喜漸漸消失後，她突然食慾大增，就像得了暴食症，不管吃多少東西還是覺得餓。可能是因為害喜讓她幾個月來沒能好好吃一頓飯，平時不怎麼喜歡吃葷食的她，突然喜歡上血腸、餃子、炸醬麵和糖醋肉等油膩且高熱量的食物。女人為懷孕的媳婦精心準備了很多蔬菜和海藻類食物，但她一點胃口也沒有。她把女人送來的食物原封不動地塞進冰箱，跑去大賣場買了很多血腸、餃子和披薩，有時還會在深夜穿著睡衣烤五花肉吃。就這樣，懷孕後瘦了五公斤的她，一下子胖了二十公斤。隨著身體越來越重，想辭職的欲望也越來越強烈。除去搭公車到地鐵站的時間，光是換兩次地鐵到公司就要一個小時。通勤讓她既煩躁又痛苦。

不巧的是，丈夫的建築公司營運不佳，經常晚一週或半個月才發薪水。當初聽說這一區的老屋要都更了，夫妻倆一時衝動買下了原本租的這間房子，現在每個月還要還銀行貸款的利息和本金。每次聽到出差回來的丈夫抱怨，搞不好公司很快就要倒閉時，她都十分不安。原本打算投資潛力屋，結果都更只是謠言，購房時的房市還比較好，現在的房價突然一落千丈了。

可能是那天很多事令她煩心，肚子突然不舒服起來。別人急著下班回家時，她卻坐在地鐵裡準備去上夜班。雖然出門前吃了晚飯，但她擔心半夜會餓，於是又在公司門口的餐廳買了一份紫菜飯捲。害喜結束後，無論吃多少東西都覺得填不飽肚子。涼掉的飯捲散發著海苔的腥味，但她還是都吃光了。

偏偏那天購物臺賣的都是人氣商品，訂購電話暴增。那年剛好舉辦世界盃，LCD電視一下子成了搶手貨；廚藝精湛的某知名演員用十二種韓藥材親手特製的醬蟹也創下驚人銷量；藉助公視宣傳的效果，具有養生功效的黑蒜出現供不應求的情況；知名登山品牌推出的套裝、登山鞋也銷售一空。午夜過後，訂購電話絲毫沒有減少。她感覺露出牛蒡和火腿的飯捲頭似乎堵在了胸口和食道之間，卻不能擅自離開座位。

凌晨一點剛過，訂購辣醬排骨的電話打了進來。只要七萬元就可以買到五包知名廚師推出的辣醬排骨和四包醬烤牛肉，還在猶豫不決的人們看到主持人高呼「即將結束、即將完售」，才爭先恐後地打電話。就在天花板上的螢幕出現她的專屬號碼「245」時，胃與食道裡尚未消化的米粒翻湧而上，偏偏面前的電腦畫面顯示出「注意」的提示，這是提醒銷售員注意經常取消訂單、退貨或信用不良的顧客，偶爾也會有列入黑名單的顧客。

就在她接起電話、張開嘴的瞬間，三、四顆米粒像子彈一樣飛濺而出。她根本來不及跑去廁所，就直接坐在原地嘔吐起來，就像要把整個胃都吐出來似的，不光是剛才吃的飯捲，連中午的餃子和拉麵也都吐出來了。泡得膨脹開來的麵條和米粒與油膩的餃子餡混雜在一起，經由食道噴湧而出。她就像暴食症患者一樣，那些狼吞虎嚥的食物在沒有完全消化的情況下，又原封不動地全部吐了出來。

她沒有完成當日的接聽電話件數，就直接下班回家了，之後又休息了三天。女人從兒子那裡聽說懷孕的媳婦不舒服後，親手煮了松子粥，裝在保溫瓶裡送了過來。她說晚點再喝，於是女人默默走到廚房，把洗碗槽裡堆積如山的碗筷洗好，又像鐘點保母一樣洗好衣服、打掃完房間後，留下裝有松子粥的保溫瓶就回家了。女人走後，她才發現女人把之前寄來的食物都帶走了。看到自己精心準備的食物原封不動的爛在冰箱裡，女人作何感受呢？她有些擔心，但為了腹中的胎兒，她決定不再多想。即使不去想女人，她的壓力也夠大了。回去上班後，組長悄悄把她叫到休息室，委婉地勸她，如果太辛苦不如回家休息。她強忍住眼眶裡打轉的眼淚，頑強地搖了搖頭。

她也知道，現在不必通勤又不用接電話，是懷孕和生育的最佳時機。懷珉秀時既沒有時間，也沒閒情逸致做胎教，現在根本不用擔心壓力會影響到腹中的胎兒了。如果把珉秀送進幼稚園的全日班，即使沒有女人，自己也能再帶一個孩子吧。不過要是她不找工作，只靠丈夫一個人的薪水養活全家，日子一定會過得非常苦。再說，她也快四十了。雖說現在結婚生子的年齡逐漸提高，四十歲以後生孩子的大有人在，但若真的懷了孕，情況可就不同了。

生珉秀時，婦產科醫生就把三十五歲的她視為高齡產婦，不僅勸她做超音波精密檢查、預防胎兒唐氏症和神經管畸形的檢查，甚至建議她做沒有保險理賠、費用高達一百萬元的羊膜穿刺檢查。女性結婚和生育越來越晚，但適產年齡始終沒有變化。想來也是，雖說社會變了，但女性的身體不可能在一夜之間發生變化。南方古猿登場後，進化到直立猿人不也用了一百萬年的時間嗎？之後又過了九十萬年，才出現了最早的原始人——尼安德塔人。

那個一直未能走出鷺梁津考試村的前男友，念大學時是攻讀人類學。交往初期，那個男人總會在她面前長篇大論一些對生活毫無幫助的人類演化過程。托他的福，她自然而然地記下了念書時怎麼也背不起來、對生活毫無用處的人類演化過程。她覺得前男友很可憐，他在國中時看過電影《法櫃奇兵》後，夢想要做一個遊走世界的考古學家，結果卻被囚禁在考試村。更讓她在意的是，他的夢想從考古學家變成七級公務員後，與她分手後又降為九級公務員，至於那之後的消息就無從得知了。

如果走進那個位於鷺梁津、如洞窟般又深又暗的房間，鐵定會看到他像蠶蛹一樣睡死在床上。就像發現首例智人克羅馬儂人的石窟一樣，走進那個充滿憂鬱記憶的房間時，會看到身穿藍色Nike運動褲、袖子長到遮住手背的毛衣、戴著紐約洋基隊棒球帽的前男友。她對那個男人已經沒有任何感情了，但偶爾還是會作從鷺梁津地鐵站出來、尋找克羅馬儂石窟的夢，最後在迷失方向之中醒來。

也許是因為胡思亂想南方古猿、尼安德塔人和克羅馬儂人的關係，她看向女人的瞬間，竟突然想起一個遺忘已久的名字——露西。她在專科學校旁聽女性學課程時，初次得知「露西」這個人類最早女性的名字。據悉，露西生活於約三百二十萬年以前，可以二足直立行走，推測年齡約在二十歲左右。透過模擬復原圖看到的露西，比起人類，更像類人猿。

那時她正忙於找工作，根本沒有精力和時間去關注那個最早的女性，就連當時交的報告寫了什麼都想不起來了。她投了十幾份履歷，卻沒有一個地方通知她面試。由於沒有考上四年制大學，加上家境清寒，父母不支持她重考，無奈之下隨便選了專科學校的編輯系。雖然她的父親不是細菌、病毒或昆蟲，卻以 r 策略家的選擇生了五個孩子。不僅如此，他還是一個思想落後於時代、堅持只要讓兒子接受良好教育的人。

讀書時，她自食其力打工賺學費和零用錢，沒有課時幾乎都在打工，所以轉學考和語言研修連想都不敢想。快升二年級時，她就知道即使以後畢業，也很難找到一份出版社的工作。所以她當然對人類最早的女性露西提不起任何興致。這個雖然能二足直立行走，但身高還不到一公尺的女性就是母親的母親的母親的母親……總之，就算這樣追根溯源，她也不覺得露西就是人類最初的母親。

但她看到女人時，也曾想起過「露西」，至於是女人的哪一點讓她聯想到遺忘已久、最早的女性人類就無從得知了，除了偶然沒有其他解釋。雖然露西對古人類學特別具有象徵意義，但女人沒有。即使不考慮古人類學的價值，女人更是再平凡不過了。搭公車或地鐵時，隨處可見與女人相似的平凡無奇的女人們。女人甚至平凡到在自己孩子眼裡也毫無特徵。婚前，她曾認真問過丈夫，女人是個怎麼樣的人。在見面前，她很好奇未來婆婆是怎樣的人，擔心會不會像前男友的母親一樣挑剔、難相處。因為知道女人是獨自帶大三個孩子，她還以為丈夫會說女人是個可憐的母親，或是一個只知道為孩子無私奉獻的母親。可能丈夫從未思考過這樣的問題，所以絞盡腦汁想了半天才回答，就是一個平凡、樸素的人。丈夫的兩個姐姐似乎也只把女人看成生養自己的人而已。難道在這個世界上，沒有一個人把女人看成特別且具有存在意義的人嗎？而這樣的一個女人，口腔中的唾液正在變乾……

「您聽說過露西嗎？」

「……」

「人類最早的女性。」

「……」

「一九七四年在衣索比亞的沙漠裡發現了一堆骨架，據推測是生活在三百五十萬年前的人類。」

「妳說什麼？」

「生活在三百五十萬年前……」

「不是，我是問那個女人叫什麼名字？」女人並沒有回頭看她。

「那個女人？」

女人把露西稱為那個女人的瞬間，她還以為人類最早的女性是生活在隔壁、樓上樓下或同一條小巷的鄰居。難道女人對人類最早的女性很感興趣？她還是第一次看到女人對誰產生興趣。

見她遲遲沒有反應，女人又問：「我是問在沙漠發現的……那個女人叫什麼名字？」

「露西。」

「露西……沒錯，是露西……」女人喃喃自語，就像回想起久未聯絡的親戚名字。

「您知道露西？」

「嗯？」

「露西。」

「沒錯……是叫露西……」

見女人好像很了解露西，她不禁打了個寒顫。女人怎麼會知道露西？女人怎麼可能知道生活在三百五十萬年前，如今只剩下骨頭的人類化石呢？也許是從電視或報紙上知道的，再不然就是在裝懂吧。

「看來您很了解露西啊？」

她發問的嘴角掛著一絲嘲笑。她在心中暗想，就算了解，又能了解多少。

「與其說了解……」

「與其說了解，然後呢？」

「總之……」

「總之什麼？」

「只不過……」女人仍在用雙手擦著地板。

「我還以為您很了解露西呢。」

「與其說了解……」女人高高翹起的屁股緩緩地降了下去。

「與其說了解……您倒是把話說完啊。」

「只不過，就……」

女人是想說只不過略知一二嗎？女人平時總愛裝聾作啞，所以現在的反應令她很意外。有時女人對自己明明很懂的事也裝作不知道。就在幾天前，她就體驗了女人的這種心機。

四天前，吃完飯後，孩子突然問她，雞可以活多久？孩子正處在充滿好奇心的年紀，總會問一些莫名其妙的問題，讓她尷尬不已。孩子會纏著她，直到得到答案為止。每當這時，她就會怪罪帶孩子的女人，覺得孩子的性格潛移默化地受到女人影響。她還向無辜的丈夫抱怨，都怪女人把孩子寵壞了。

雖然她在首爾的郊區出生長大，但家裡從沒養過雞，只見過超市裡被拔光了毛、大卸八塊的雞，根本不知道雞能活多久。她心想，也許女人知道，於是偷瞄了女人一眼，但女人只是垂著頭吃碗裡的水泡飯。她猜想，雞就算活得再久也不會超過三年，但也很有可能活得更久，於是敷衍地告訴孩子雞能活五年。剛好那時二姐打電話來，她講了二十多分鐘電話從臥室走出來後，孩子走到她面前說，雞不是只活五年，雞能活二十年。她問孩子是誰告訴他的，孩子說是奶奶。令她驚訝和不爽的不是雞可以活二十年之久，而是女人明知道也不說。雞真的能活二十年嗎？她上網搜尋了一下，結果看到百科上寫雞能活三十年，甚至還看到了沒必要知道的事實——超市裡賣的雞，最長只活了三十天。

她很好奇女人究竟對露西了解多少，但沒有追問，因為她知道就算繼續追根究底，女人也不會爽快地回答。

女人問過為什麼不生第二胎嗎？身為婆婆一定會很好奇吧。況且，女人是為了帶孩子搬過來的，所以媳婦生不生第二胎直接關乎到自己的去留。人的心理真的很奇妙，她有時會覺得女人很薄情，認為女人一定是擔心工作和收入都差強人意的兒子養家糊口太辛苦，所以暗自期待只要有珉秀一個孫子就夠了。

結婚兩年後，即使遲遲沒有懷孕的喜訊，身為婆婆的女人也沒有為唯一的媳婦訂過養身的補藥。跟那些整日生怕媳婦年紀太大不能懷孕的婆婆相比，女人簡直就是漠不關心。反倒是娘家心急如焚，為她出謀畫策，讓她去做什麼人工受孕。有一個比她早一個月結婚的朋友才蜜月旅行回來，婆婆就嚷嚷著要帶她去看濟州島的知名韓醫院，還配了懷孕祕方給她。結果不到四個月，朋友就透過人工受孕懷上龍鳳胎。雖然她嘴上挖苦朋友的婆婆愛管閒事，心裡卻很嫉妒。別說補藥了，就連打電話告訴女人懷孕的喜訊時，女人的反應也很冷淡，連句讚美也沒有。想到這些，原本還很感激女人五年來持家、照顧孩子的心也就蕩然無存。

就在她猶豫要不要懷第二胎時，母親幫她徹底打消了這個念頭，並且明確告訴她，孩子一個就夠了。她的母親與女人同歲，同樣也只有小學畢業，兩個人的性格卻是天壤之別。母親經常參加聚會，光是定期聚會就有三、四個，而且無劇不追，所以母親對世間的消息比她還要靈通。

其實在珉秀剛滿週歲時，她就懷上了第二胎。但是意外懷孕，所以沒有告訴丈夫和女人。珉秀出生後，她一直都在服用避孕藥。雖說自己是正職員工，但公司絕不會同意她休第二次產假。當時購物臺的業績不佳，正值大裁員時期，電話銷售員一下就被裁了三分之一。她跟大姐商量後，拿掉了腹中已有八週的胎兒，然後請了一天年假調養身體，在大姐半地下的家中，在掛滿脫過水的衣服和毛巾的晒衣架下躺了一天。

一週後，她才把做人工流產手術的事告訴丈夫，但始終沒有告訴女人。丈夫反應很平淡，雖說剛出差回來很疲憊，但也未免太敷衍了。也許是因為經常抽菸、喝酒，加上職場壓力，這個雄性生物似乎早已放棄繁殖的欲望，反倒像是鬆了口氣。想到自己是考慮到沒有能力撫養兩個孩子，無奈之下才做出這樣的選擇，丈夫卻表現得一點都不在乎，她心裡很不是滋味。但是想到朋友的丈夫才剛生完第一胎，就跑到泌尿科做了結紮手術；同事的男友在她同意也做一個頂客族後，才肯求婚；學妹的男友堅持獨身主義、逃避結婚，害學妹過了適婚年齡，她也就原諒了丈夫。

她舉棋不定，不知道該不該把墮胎的事告訴女人，丈夫一臉嚴肅地阻止了她。丈夫說，搬去大邱的二姐之前墮過胎，女人得知後大發雷霆。原來是因為這樣，女人和二女兒之間才沒有一般母女的那種親密感。丈夫的二姐墮胎後，想待在母親身邊調養身體，誰知女人竟然絕情地把女兒趕走了。她難以想像女人大發雷霆的樣子，也很詫異女人居然這樣對待親生女兒。據她觀察，女人沒有信奉特定宗教，從女人的舉動也看不出有多珍視生命。電視播報智利大地震出現七百多個死傷者時，女人連眼睛也沒眨一下，還正毫不留情地用剪刀剪還在蠕動的飯蛸[5]頭。

前年春天，從舒川出差回來的丈夫買了一袋活飯蛸，因為是放在保鮮箱裡帶回來的，所以一隻也沒有死。當時舒川正在舉辦飯蛸的促銷活動，不僅味道鮮美，而且正值產卵季，飯蛸的頭裡都是魚卵。女人把二十多隻飯蛸倒進大盆裡，抓了一把麵粉灑在上面，用力搓了半天，然後用水反覆沖洗乾淨後倒入籮筐，最後一手抓住一隻飯蛸，一手用剪刀剪下飯蛸的頭。女人毫不在乎她投來的厭惡視線，不慌不忙抓起一隻又一隻飯蛸，毫不遲疑地剪下了所有的頭。她站在一旁，看著頭身分家的飯蛸，感到不寒而慄，下意識地搖了搖頭。同樣是蠕動的生物，但用刀剁碎蠕動的章魚腿和用剪刀剪掉蠕動的飯蛸的頭，感覺截然不同。連死魚都不敢碰的她，自然覺得後者更加噁心。無頭的飯蛸蠕動得更加劇烈了，女人卻滿不在乎地把它們都倒進煮沸的水中，煮得嚼勁適中後撈出，又把剛才剪掉的一堆飯蛸頭倒進鍋裡。這次煮的時間很久，因為要把頭裡的魚卵燙白、燙熟。

5 又名短爪章魚，章魚的其中一個品種。

何止飯蛸，之前堅信身體需要食補的丈夫買了一條活鰻魚回來，女人也是眼睛也不眨一下地把活魚丟進用紫蘇油預熱的鐵鍋，熬煮成鰻魚湯。當時的女人也是面無表情地站在那裡，用力按住鍋蓋，任憑鰻魚在熱鍋中掙扎，渾身沾滿紫蘇油直到漸漸沒有動靜為止。因此她才無法相信女人會對做了流產手術的女兒大發雷霆。她心想，一定有什麼丈夫不知道的內情。仔細想來，從不關心鄰居的女人，曾經提起過住在一樓的男人。她從沒見過那個男人，也不知道這棟樓裡住著這樣一個人。

出門丟廚餘回來的女人，走進廚房時，嘟囔了一句：「不如死掉算了……」她清清楚楚聽見了那句話，不禁心生好奇。女人那句低沉的話語，力道如同詛咒。

「不如死掉算了？」

「死了更好……」

「您說誰呢？」

「還能說誰……就是住在樓下的男人。」

女人的語氣堅定，但她從沒見過住在樓下的男人。

「活成那副德性……還不如死掉算了……」女人搖了搖頭。

「那副德性？怎麼回事？」

女人不肯再多說，走到廚房打開水龍頭，開始洗抹布。女人竟然詛咒素不相識的樓下男人死掉，讓她覺得詫異又恐怖。

總之，透過對女人一舉一動的觀察與感受，她覺得女人對生命相當麻木不仁。她之所以遲疑要不要告訴女人自己懷過孕，是因為覺得女人好像知道這件事，只要稍稍有心就不難發現這件事。後來她才想起自己隨手丟在廁所垃圾桶的驗孕棒。那天早上她起床後做了驗孕，隨手把驗孕棒丟進垃圾桶。因為急著出門上班，她忘了處理垃圾。等她下班回來後發現，廁所的垃圾桶已經清乾淨了。女人清垃圾桶時，不可能沒看到驗孕棒上清清楚楚證明懷孕的兩條紅線。

豌豆與基因突變心理學

珉秀從房間走出來，手裡拿著任天堂遊戲機，爬上沙發坐好，打開遊戲機。稍後傳出了狗叫聲。那是珉秀養的、不存在於現實中、也無法存在的虛擬狗的叫聲。不久前，孩子纏著她要養小狗，於是她給孩子買了任天堂推出的任天狗狗。一隻白色的吉娃娃，剛滿一歲的公狗。孩子為這隻只能用觸控筆撫摸的小狗取了名字叫糖糖。一有空，他就會帶小狗散步，幫小狗洗澡。她對這隻小狗很滿意，既不用買飼料，也不用忍受家裡到處都是狗毛和訓練小狗排便的壓力，更不必擔心小狗會生病和死掉。最重要的是，還不用帶小狗去結紮。但比起這些，最令她滿意的是，孩子只顧著和小狗玩，疏遠了女人。

也許是從小被女人帶大的關係，孩子總是纏著女人，不肯離開女人半步。只要看不到女人就坐立不安，甚至嚴重到女人都不能安心上廁所。孩子過分依賴女人令她很擔心，這樣的孩子對自己的母親不理不睬。對孩子而言，她與女人不同，只是一個可有可無的人。孩子害怕與女人分開，經常不肯去幼稚園。好幾次她為了送孩子去幼稚園，強行把孩子拉出家門時，孩子甚至做出用玩具丟她的舉動。連幼稚園老師也說，這樣的孩子太罕見了。

上班時，孩子不找媽媽，這的確讓她很放心，但現在她整日待在家裡，孩子也不找她，不禁讓她產生了近似嫉妒的微妙情感。孩子甚至對她視而不見，什麼事都找女人，無論是吃飯、換衣服、洗頭洗澡、讀童話書或睡覺。她心想，如果珉秀也像其他有戀物情結的孩子，不肯放手機器人、卡通玩具、毛巾、枕頭或湯匙等物品，或是執著於黃色、藍色等特定顏色，反而還比較好。但自從養了虛擬寵物，孩子漸漸疏遠了女人，把對女人的依賴轉移到摸不到、抱不到、也聞不到味道的小狗身上。她也擔心孩子過度沉浸在虛擬寵物的世界，但還是很慶幸孩子疏遠了女人。只要能讓孩子遠離女人，不要說一隻虛擬寵物狗了，十隻她也願意買。雖說這也要花錢，但與在寵物店買一隻狗的費用相比，簡直是九牛一毛。

孩子變成這樣，那女人呢？

至今她在意的只是孩子過於依賴女人，擔心孩子的心態與行動。這也是理所當然的，畢竟又哭又鬧、纏人的不是女人，而是孩子。現在想來，女人對孩子的依賴也不容忽視。孩子剛出生沒多久，女人就搬過來一個人餵奶、換尿布，把孩子帶大。女人不善表達，喜怒哀樂也不會寫在臉上，所以僅從言行看不出女人對孩子的依賴。但教孩子走路、講話和用筷子的人不也是女人嗎？女人沒有什麼特別的愛好，照顧孩子長大可說是女人唯一的樂趣和引以為傲的事了。雖然女人從未表露，但也許女人透過成長的孩子找到了自身存在的價值與活下去的意義。況且比起媽媽，孩子跟奶奶更親。要是孩子再也不找女人、再也不需要女人，不就等於是在這個世界上再也沒有人找女人、需要女人了嗎？女人的心胸一定會像漸漸變乾的口腔越來越乾癟、擠壓、縮小……

她甚至懷疑，與孩子依賴女人的程度相比，女人對孩子的依賴可能只會多不會少。想到這，她再次看向女人，只見女人依舊屁股朝著她趴在地上，像黏在地板上的唾液一樣，用力擦著地板。女人好像素昧平生的陌生人。

無論孩子再怎麼依賴女人都可以理解，但女人這樣的話就很傷腦筋了。女人不曾表露對孩子的依賴，就算隱隱表露出來，或堅稱自己沒有依賴孩子，而是疼愛孩子，她也無話可說。當年是她拜託女人來照顧孩子的，現在又要人家遠離孩子……還有一個原因讓她放心不下。據她觀察，女人對任何事都漠不關心，甚至對自己也毫無興致，這樣的女人一旦執著起來，肯定不懂得放手。孩子的依賴可以透過虛擬寵物和帶他去公園玩來調節和控制，而且她相信隨著年齡增長，孩子的這種依賴也會漸漸消失。雖然現在孩子害怕與女人分開，看不到女人會不安，但在不久的將來，孩子不會再找女人，甚至還會覺得女人很累贅。

由於孩子的過敏性皮膚炎突然加重，只好讓他待在家。她在心裡計畫，等孩子好了就送他去幼稚園，放學後再送他去學鋼琴，自然而然地就能減少孩子與女人相處的時間。而且現在她也不用去上班，整天待在家。之前家裡只有女人和孩子，現在有她的加入，變成了三個人。

三，一個既完美又安全的數字，但她知道這個數字有多危險。國中、高中時，隨處可見整日像鐵三角一樣黏在一起的三人行，但之後兩個人就會開始排擠另一個人。

孩子剛滿兩週歲的某天早上，發生了一件非常危險的事。孩子手持一根鐵筷正要往插座裡塞，在這危急萬分的時刻，她嚇得像石像一樣僵在了原地，要不是女人迅速搶下孩子手中的鐵筷，後果不堪設想。孩子不肯交出鐵筷，拚死掙扎，結果戳傷了女人的手腕。當時她急著出門上班，只能對女人流血的手腕視而不見，直接調頭走了。而且說實話，比起女人流血的手腕，她更擔心兩歲的孩子受驚嚇。到了公司，她徹底忘了女人那如同祭壇上的羊羔脖子一樣鮮血淋漓的手腕。偏偏那天的電話接連不斷，她也沒時間打給女人慰問手腕的狀況、有沒有消毒。她下班回家時，看到女人的手腕纏著木乃伊似的白繃帶，客廳的血跡已經擦乾淨了，險些闖下大禍的孩子也像天使一樣進入夢鄉。

那天早上，如果鐵筷插進的不是女人的手腕，而是插座孔，會是怎樣的後果……光是想像就令她毛骨悚然。她這才終於鬆了口氣，用手撫著胸口，慶幸筷子沒有插進插座孔，而是戳傷了女人。

「從幾點開始的？」

「……」

「停水。」

就算不知道會停水，但女人應該知道是從幾點開始沒有水的，畢竟她打掃時要用水。為了梳理腦海中複雜的思緒，她一時忘了停水的不便。

她起身走到洗碗槽，伸手握住水龍頭，水龍頭和三十分鐘前一樣，處在大開的狀態。

女人唾液變乾的口腔就算了，現在連水龍頭也不肯滴一滴水了？難道……水龍頭與女人的口腔達成了某種協議？要不然，就是得了口乾症的女人不滿隨時可以流出水的水龍頭，所以對它進行了一番詛咒！

她也很清楚這種懷疑只是無稽之談，但還是想把停水的錯歸咎在女人身上，她想靠這種方法平息因停水而煩躁的心情。

她轉過身背對洗碗槽，眼角抽動了幾下。

她從沒想過，女人出現口乾症時，孩子的過敏性皮膚炎也變得更嚴重了。隨著新房裝潢的汙染和環境荷爾蒙影響越來越嚴重，越來越多孩子出現過敏性皮膚炎，只是輕重程度不同罷了。在那之前，也就是女人罹患口乾症之前，孩子身上只不過長了一些小疹子，硬要說是過敏性皮膚炎，也只能算輕症。只要按時塗抹藥膏，很快就會好轉。但後來孩子的腋下、手臂內側、胯下和脖子突然長出了芝麻大小的水泡，隨即擴散到全身，就連那張小小的臉蛋也爬滿了白色乾癬，看起來就像撕碎的蜻蜓翅膀。

也許是因為這個家是由婚姻組建而成，所以她沒有像心疼母親一樣心疼女人。她不覺得這有什麼奇怪，反倒認為理所當然。坦白講，她和女人沒有任何血緣關係，之前偶然發現女人和孩子的血型相同，這才恍然意識到自己懷胎十月生下的孩子身體裡，流淌著女人的血液，一種難以言喻的微妙感受油然而生。

她知道一個人的血型是由像家譜一樣錯綜複雜的因素決定的，卻沒想到孩子會跟女人的血型一樣，甚至從沒想過女人的血型會對孩子的血型造成這麼大的影響。

在女人的唾液變乾後，也就是確診為口乾症那天，她才知道了從未好奇過的女人的血型。在那之前她沒機會知道，也沒有必要知道。女人抽完血，從抽血室走出來時，她心血來潮問了女人是什麼血型，女人告訴她是B型。B型？她一時驚訝，脫口反問了一句。細究起來，女人是B型的機率為四分之一，這沒什麼值得大驚小怪的，況且她也沒想過女人會是A型、O型或AB型。

她是O型，丈夫是B型，自然覺得孩子的血型是受丈夫影響，萬萬沒想到擁有決定性因素的竟然是女人。也就是說，他們的B型源於女人。

她曾經覺得丈夫一點也不像女人，甚至懷疑他不是女人親生的。但在得知他們的血型相同後，竟在丈夫的言行舉止中隱約看到女人的樣子，連孩子的一舉一動也隱約帶著女人的影子。她驚嘆遺傳基因強大的同時，想起了遺忘已久的孟德爾定律。

豌豆的紫色花與白色花嫁接後，好像長出的是紫色的花？念書時，生物老師講解孟德爾定律時，她還在想學這些有什麼用？她只見過加在飯裡的豌豆，從沒見過豌豆開的花。但現在，她突然意識到遺傳法則的偉大之處，甚至感到不寒而慄。還有隔代遺傳，祖先的一些特徵會潛伏在幾代人身上，然後突然顯現在特定的後代身上。比如尾骨突出、副乳（正常的一對乳房之外長出的多餘乳房）。那時隨著預產期逼近，她開始擔心就算不是這種極端狀況，但潛伏在女人或過世公公身上的異常特徵會傳給孩子。即使不是女人，要是女人的母親，曾祖母的母親，或者再往上追溯，曾曾祖母的母親的特徵遺傳給孩子怎麼辦？她想起朋友曾說過的一件事：一對濃眉大眼的父母生出了一個眼如細針般的女兒，就在家人驚訝不已時，父母無意間看到過世已久的曾祖父照片，發現孩子和曾祖父的眼睛長得一模一樣。這件事讓她感到脊背發涼。這可不是能一笑置之的事。

孩子剛出生時，娘家親戚都說孩子長得像她，不像父親。面對大家的異口同聲，她信以為真了。性格開朗又愛嘮叨、與女人性格截然不同的母親甚至說，孩子簡直就跟她從一個模子裡刻出來的。當她一半期待一半擔憂看到九個月來只能透過超音波看到的孩子時，其實並沒有任何感覺，無論怎麼細看孩子的五官，還是看不出長得像誰。她覺得非常陌生，甚至覺得懷中抱的是別人的孩子。難道自己沒有與生俱來、世上最偉大的母愛嗎？她懷疑起自己，甚至深感內疚與不安，使得她在月子中心，抱著剛出生十天的孩子痛哭流涕。

不知從哪聽說豬腳能催奶的丈夫，帶著一身酒氣，提著在獎忠洞買的豬腳來到月子中心，看到淚流滿面的妻子，一時間不知所措。他不知道妻子為什麼哭，趕快上前安慰，還把沾了蝦醬、加了大蒜的豬腳包在蘇子葉裡，硬是塞進她嘴裡。見她哭聲不止，丈夫最後莫名發起火來，問她是不是不滿意這間月子中心。

這間月子中心位於五樓，樓下是汽車維修廠和豬骨湯店，以環境和服務來看，都屬上中下三個等級的下等。很多需要做月子又沒有經濟條件的產婦都會選擇這種下等的月子中心。她也想住進環境更好的月子中心，但丈夫瞞著她借錢投資股票，最後全賠光了。雖然丈夫投下去的金額根本不能與那些炒股炒到傾家蕩產的人相比，但對每個月都要還房貸的他們來說絕對不是筆小數目。丈夫寫了不再投資股票的保證書，但她還是無法消氣，丈夫安慰她，以後一定能靠投資潛力屋大賺一筆。所謂潛力屋，不過就是他們住的這間離地鐵站很遠，用銀行貸款買的十八坪小公寓。

當時她差點就跟丈夫離婚，但想到腹中八個月的孩子，只能忍了下來。其實她也能理解丈夫，婚前在基金投資盛行時，她也沒能抵擋比銀行定存還高出兩三倍獲利的誘惑，把每月存三十萬，好不容易存滿七年的錢全都拿去買基金，結果損失慘重。

在她發現魯莽愚蠢的丈夫投資股票沒多久後，女人迎來五十九歲生日。生日當天，全家去烤牛肉餐廳吃晚餐，當作替女人慶生。她把丈夫闖的禍告訴女人，但女人只是用筷子撥了撥湯汁乾掉、黏在鍋底的牛肉，既沒有幫兒子解圍，也沒有斥責兒子以後不要再魯莽行事。有口難辯的丈夫一聲不吭，垂著頭小口啜著水蘿蔔泡菜的湯，上面被烤牛肉濺了一層油。她把丈夫跟人借錢投資股票的事告訴女人，一方面是覺得這件事憋在心裡很委屈，另一方面則是期待女人也許私下另有存款，可以幫兒子還債。但女人辜負了她的期待。

畢竟是孩子的奶奶，女人去月子中心看孫子時，買了一套嬰兒服。月子中心位於地鐵七號線四佳亭站附近，女人一路打聽才找到了地方。

如果沒有華麗的壁紙和窗簾，月子中心其實和考試院沒什麼分別，她與其他產婦在這裡調理浮腫的身體，好讓鬆弛的韌帶恢復正常。當時正逢H1N1新型流感肆虐，月子中心將產婦與嬰兒分開隔離管理，只有在餵奶時才能抱到自己的孩子，場面堪比離散家屬重逢。如果發現孕婦或孩子有發燒跡象，月子中心便會毫不留情地請她們離開。嬰兒幾乎整日獨自躺在嬰兒室的搖籃裡睡覺，有時睜著小眼睛看向虛空動來動去，不然就是哇哇大哭。原本在媽媽子宮裡連在一起的雙胞胎都被拆散了，只能睡在各自的搖籃裡。兩名圍著粉紅色圍裙的保母代替產婦守在嬰兒室，照顧著二十多個嬰兒，產婦只能在指定的時間與嬰兒接觸。有一位八旬老婦千里迢迢從木浦趕來，也沒抱到外孫女就回去了。但月子中心不近人情的規定反而贏得了產婦的信賴。

十一月下旬，女人頂著寒流來看孫子，抵達時人已經凍得像結霜的白菜。女人身穿與流行相距甚遠的綠色大衣，臉色被大衣襯托得更加暗黃蒼老，圍在脖子上的圍巾也起了毛球，看起來就像在市場角落賣魚的魚販。那天是平日上午，丈夫要去外地出差，臨行前趕來看了一下妻子和孩子。就在丈夫準備離開時，女人突然出現了。女人平時幾乎不怎麼外出，十七歲就來到首爾的女人連景福宮和昌慶宮都沒去過，兒子婚後的新家也只去過兩次。她因為剖腹產手術在醫院住了六天五夜，即使是對於沒日沒夜輪流守在病房的娘家感到抱歉，女人也只去探望過她一次。如此大門不出、二門不邁的女人突然出現，著實讓她和丈夫吃了一驚，丈夫甚至脫口說出：「媽，您怎麼來了？」

出生才半個月的嬰兒躺在嬰兒室，因為不是會面時間，女人只能隔著玻璃窗遙望孫子。有別於那些因抱不到孫子、孫女而大失所望的爺爺、奶奶，女人就只是默默站在那裡望著孩子，甚至沒有問裡面那二十多個嬰兒，哪個才是自己的孫子。她和丈夫站在女人身後，解釋說距離會面時間還有兩個小時，只能在規定的時間抱孩子。孩子出生那天女人有見過孩子，雖然半個月來孩子的樣子有了很大的變化，不僅長了很多頭髮，左眼也變成雙眼皮，但她還是覺得女人一定能認出自己的孫子。三個人就那樣站了十分鐘左右，女人低聲嘟囔起令人費解的話：

「孩子為什麼在那裡？」

「什麼為什麼？」反問的人不是她，而是丈夫。

「孩子怎麼會在那裡？」

當時，女人尚未罹患口乾症，但低沉的聲音還是分了岔。

「不然要在哪裡？」這次換她開口問道。

「怎麼會在那裡……」

女人緩緩搖了搖頭，似乎覺得孩子不該待在那種地方。雖然女人的動作緩慢，仍能感受到頑強的執念。

「您在胡說些什麼？」丈夫先不耐煩了，沒好氣地說。

「不是……我是說孩子怎麼……」

「媽，您也真是的。孩子不待在嬰兒室裡，能待在哪裡呢？」

即使聽到兒子解釋，因為流感肆虐，月子中心也是為了保護免疫力低的嬰兒，但女人仍舊一臉不解。

「再怎麼說也……」

「您不懂，就不要亂講。」

「我是亂講嗎？」女人就像在捫心自問似的喃喃道。

「不是亂講，那是什麼？」

面對兒子咄咄逼人的態度，女人終於閉上了嘴，但詫異的表情並沒有消失。丈夫可能是覺得當著妻子的面頂撞母親很過意不去，臨走時，硬往女人的大衣口袋裡塞了兩張萬元紙鈔，教她搭計程車回家。女人沒有拒絕，也沒有說謝謝，只是一聲不吭地站在那裡凝視著嬰兒室。難道女人是覺得兩萬元搭計程車不夠嗎？好像也不是。

丈夫走後，尷尬氣氛中只剩下她和女人。她又問了一遍那個因丈夫插嘴而不了了之的問題。

「孩子不待在嬰兒室裡，能待在哪裡呢？」

如果不待在嬰兒室，出生才半個月的孩子要待在哪裡？

「怎麼能讓孩子待在那裡……」

女人為了表達強烈的否定，緩緩搖了搖頭。這時，月子中心開設的瑜珈課上課音樂傳入她耳中。如果女人沒來，此時她也應該為了減掉腰間那一圈像麵糰的贅肉努力做著瑜珈。她最近的心願是希望產假結束、回去上班時，聽到大家稱讚自己已經恢復了懷孕前的身材。她非常重視自己的身材，幾乎嘗試過所有減肥方法，婚前甚至還服用過很貴的韓藥。她跟很多人一樣，也會議論、嘲笑那些產後身材走樣的明星為樂。現在的她卻因為懷孕和生產，回到學生時代臃腫肥胖的身材。

她希望女人快點離開，但女人就像一堵牆般原封不動地站在玻璃窗前。橙色的光線讓嬰兒室看起來就像一個電源開啟的滅菌器，彷彿那裡是一個為了抑制細菌繁殖、高壓乾熱的空間。加濕器吐出如白霧般的水蒸氣，瞬間吞沒了所有的孩子。兩個保母坐在裡面，無所事事地疊著紗布。她的孩子在女人來之前就一直在睡，她不可能為了女人叫醒孩子。有一個毛髮濃密得如成年人般的孩子躺在她兒子旁邊，那個孩子剛才就醒著，伸出小手用力抓著虛空。雙胞胎的其中一個孩子像在思念另一半，哽咽得快哭了。

她歪頭瞥了一眼女人。無論怎麼看，女人都像是在盯著別人家的孩子。女人的視線沒有看向她的孩子，而是另一個睡得更香的孩子。

「您在看哪個孩子啊？」

她想知道女人為什麼那麼聚精會神地盯著別人家的孩子。

「我不是在看孩子嗎……」

「孩子？」

「是啊……」

「哪個孩子？」

「我們的孩子……」女人的聲音越來越小，好似關掉了音量。

「我們？」她板著臉反問。

「我們」這個平時聽起來毫無感覺的詞，突然讓她覺得很不舒服，甚至反感。

「是啊，我們的孩子……」

「我們的孩子在哪？」

「在哪裡……？」

「哪個是我們的孩子？」

「我們的孩子……」女人的眼角抖動了一下。

「哪個？」她不放棄地追問。

嬰兒室裡不可能聽到她們的對話，但一個正在疊紗布的保母抬頭看向了她們。

「那裡……」

「哪裡？」

「那裡……不就在那裡……」

難道是因為低沉分岔的聲音，讓人覺得女人所指的那裡不是玻璃窗內、躺著二十多個嬰兒的嬰兒室，而是其他地方。一個她不知道、也猜不到的地方。她突然感到一陣顫慄。剛才還以為女人在盯著別人的孩子，現在看來，女人沒有在看任何一個孩子，女人的視線似乎停留在空搖籃上，嬰兒室裡兩個空搖籃的其中一個……不寒而慄的她，甚至覺得脊背像鉛一樣凝固了。

「那裡……」

女人輕輕抬起手，緩慢張開手掌，貼在一塵不染的玻璃上。玻璃如毫無波紋的水面，女人看著那些孩子，就像在看一個個投在水面上的倒影。平時總有一、兩個孩子會醒著，但現在那個毛髮濃密的孩子也睡著了，雙胞胎也睡著了，所有孩子都不約而同地進入夢鄉。兩個保母似乎也察覺到孩子們都睡了，相繼打了一個長長的哈欠。

「您是說裡面有我們的孩子，是吧？」

「是啊……」

女人粗糙不堪的手在玻璃上滑動著，像在抹去一個又一個熟睡的孩子。

她突然不安起來，因為自己的孩子沒有醒來，也沒有睡在自己的子宮裡，而是像被遺棄般放在搖籃裡。而且那兩個圍著粉紅色圍裙的保母都是陌生人，嬰兒室就像一個蓋子緊扣的保鮮盒。她發現加濕器離自己的孩子太近，加濕器吐出的水蒸氣會最先吞沒掉自己的孩子。她看向自己，穿著睡眠襪和很像汗蒸幕的衣服，這身處月子中心的現實，反而讓她產生自己應該坐在辦公桌前，接訂購靈光黃花魚、醬排骨、平底鍋、床單、濟州島產黃金奇異果的電話……接踵而至的不安令她想放聲大叫，折磨著剛生完孩子才半個月、身體尚未恢復的自己，而她恨不得把這一切歸咎在女人身上。

女人的手掌貼在玻璃上，手指蜷縮了起來。

「您的手怎麼了？」

她本想視而不見，但還是問了一句。女人那雙彷彿一輩子沒擦過護手霜的手，紅腫得有如橡膠手套。

「剛醃完泡菜……」

女人的手從玻璃上滑了下來，留在玻璃上的掌印好似滲入玻璃似的消失了。

「醃泡菜？」

原來現在是醃泡菜季。

「醃好泡菜，就不愁過冬了……你們家的，還有兩個姐姐家的……」

「您醃了多少顆啊？」

「七十顆……」

「七十顆？您一個人醃了七十顆？」她不耐煩地反問。

偏偏女人來的這天，她心情不是很好，隔壁房的產婦公婆剛走，那對公婆不僅給媳婦送來了補血的烏魚湯，還付了月子中心的費用，金額不小。

「是啊，哪有人幫我……」

比起心疼女人一個人辛苦地醃了那麼多泡菜，看到婆婆那副窮酸相，她反倒生起了悶氣。

「準備材料就很貴了，還不如在購物臺買來吃，還比較便宜，也比一般人家裡醃得乾淨、好吃……」

「好不好吃，得等到發酵後……」女人不認同的低語。

「發酵？」

「泡菜得發酵，賣的泡菜怎麼會跟親手醃的一樣呢……」

「還不都是泡菜，味道能差到哪去。」她挖苦道，語氣夾著譏諷。

女人向後退了兩步，慢慢轉身。女人終於要走了。

這時，她的孩子剛好醒了，但她沒有告訴女人。

仔細想來，她從未聽女人說過孩子長得像誰。周歲宴上，大家七嘴八舌討論孩子長得像誰時，她也一聲不吭，似乎一點也不關心。

她不希望孩子有一丁點的地方像女人，無論是外貌、性格還是氣質，因為她認為像女人沒有任何好處。若孩子像到女人畏縮、害羞的性格，日後在學校一定很容易被排擠。令她感到詫異的是，女人怎麼會生出丈夫這麼厚臉皮、講話又不經大腦的兒子。不過，這對母子有一點很像，那就是陰險。但丈夫的陰險與女人不同，丈夫的陰險並無真心，女人的陰險則是隱密的，時而還會讓人感受到危險。女人總是一聲不吭，根本不知道她在想什麼。看到孩子的性格非常內向，在幼稚園總是獨來獨往，很難跟其他孩子玩在一起，她不禁懷疑孩子繼承了女人的性格。

女人會不會暗自心想，孩子誰也不像，只像自己呢？

「真不知道珉秀長得像誰。」她帶著試探的語氣說道。

女人猛地抬起頭看向她。剛才還以為女人已經老得不堪入目，沒想到那張臉還跟早上一模一樣。

「妳說什麼？」

「我說，真不知道珉秀長得像誰。」

「我還以為……」

「您覺得珉秀像誰？」

「……」

「您看珉秀像誰？」她又問了一次。

「妳應該比我更清楚啊……」

女人一手抓起抹布，像鋪平縐巴巴的紙一樣，然後起身，一步步走到臥室門口，再次彎下膝蓋跪坐在地上。

「我就是看不出來才問您啊。」

「是啊，這孩子到底像誰呢……」女人說完，嘆了口氣。

「他是怎樣的人啊？」

「……」

「我是問公公。」

「他已經不在了……」

這我也知道。她強自吞下這句險些脫口而出的話，故意溫和地說：「我偶爾會很好奇，公公是怎樣的人。」

這是她第一次在女人面前提起公公。她的確好奇公公是怎樣的人，但也覺得何必打聽一個已故之人。丈夫六歲時，公公車禍去世，所以對父親沒有什麼印象。對丈夫而言，父親是只存在於照片裡的人。也許是對父親沒什麼特別的感情，丈夫從沒提起過父親。雖然每年婆家都會為公公舉辦祭祀，但全家人並沒有和樂融融地圍坐在一起懷念公公。在她眼裡，祭祀就是古代的遺物，每年祭祀日期逼近時，她都暗自期待那天能輪夜班。與其聞著油煙味，準備祭桌上的煎餅和小菜，還不如坐在日光燈下接電話呢。

「雖然公公過世已久，但畢竟是珉秀的爺爺啊。」

「問這些沒用的……」女人再次伸直雙臂，俯身擦起地板。

「怎麼能說沒用呢？」

她雙眉緊鎖，瞪著從女人洋裝下露出的腳趾。女人的身體越來越貼近地板了。

「就算妳好奇，他也不能死而復生……」

誰希望他死而復生了？她很想這樣反駁一句，但說了也只會讓自己更心煩。女人講話就像吐乾沙，模稜兩可的語氣總是令她煩躁，有時甚至會覺得自己的唾液也在一點一點變乾，舌頭像吊在烤架上快烤焦的魚。

「您是不是覺得珉秀像您啊？」

「……」

「珉秀啊。」

「這個嘛……」

女人曖昧的回答，讓她彷彿被狠狠打了一下後腦勺。她把這種既非肯定，也非否定的回答，應該可以理解為強烈的肯定。女人何時爽快回答過問題呢？無論是意見或喜好，女人都藏在心底，從不說出口。

「您別這樣，就告訴我吧。」

這次她不想再退讓，無論如何，她都想搞清楚女人內心的想法。

「告訴妳什麼……」

「您是不是覺得珉秀像您。」

「妳覺得呢……」

女人稍稍俯下身，突然像麻花捲一樣扭過頭來看著她。女人的臉僵在那，連眼皮也不眨一下，像極了顏料乾掉很久的肖像畫，客廳的窗框成了圈住女人臉的相框，讓她產生了在欣賞一幅牆上肖像畫的錯覺。她無法迴避女人用力凝視自己的眼神，只能像中了邪似的直視那張僵住的臉。

難道是看得太仔細了？她竟然在女人那張臉上看到了孩子的臉。雖然無法具體指出孩子哪裡像女人，無論是眼睛、鼻子和嘴巴都找不到一處相似，整張臉的輪廓和氛圍卻……女人是內雙眼皮，孩子是外雙，鼻梁的高度也不同，決定表情的嘴型也完全不一樣。孩子可以像家裡任何一個人，只要不像女人。即使她懇切地期盼，還是揮之不去孩子像女人的想法，甚至覺得比起身為母親的自己，孩子更像女人。

「我覺得……」

「嗯……」

「算是萬幸吧，我是覺得……不像您。」

「……」

「我是說珉秀。」

雖然她也意識到這樣講有點過分，但還是不吐不快。

「呵，是喔……」

「不光不像您，也不像任何人。」

她感受到女人身體微微一抖。

「我覺得珉秀不像任何人。」

她既不希望自己的孩子像女人，也不希望像丈夫，以及身為母親的自己。當然，還有外公和外婆。這不是她第一次萌生這種想法。女人突然出現在月子中心那天，她與自己處境相似的產婦在哺乳室聊天，從一個即將四十歲的產婦嘴裡聽聞「基因突變」一詞的剎那，突然萌生了這種想法。那位產婦準備了十年的教師甄試，始終沒有通過，最後經人介紹認識了現在的丈夫，兩個人交往三個月後便結婚了，而且新婚當天就懷孕了。那位產婦格外疼愛自己的孩子，覺得浪費了十年的人生終於得到了補償。

「嗯？不像任何人……」

「您知道基因突變嗎？」

「好像聽說過……」

但她覺得就算女人聽說過，又能知道多少呢。

「聽說基因突變是一種有利於生存的進化。」

「……？」

「生存。」

根據那位產婦的描述，基因突變是指長久以來的遺傳基因為了適應生存條件而發生改變。好像也被稱為基因進化。即使自己的孩子不像父母也沒關係，只要具備有利於生存的基因進化就好。如果女人對基因突變存在誤解，堅信孫子繼承了自己的遺傳基因，那可就傷腦筋了。

在女人身上幾乎看不到任何有利於生存的條件，矮小的身材、笨拙的口才，再怎麼擦亮眼睛也找不出半點魅力。雖然她從沒聽女人抱怨過什麼，但這並不表示女人很樂觀積極。僅從女人連經營小菜店的念頭都沒有，就知道這人多沒有想法和主見了。也是啦，女人平時也沒有什麼主張，在女人罹患口乾症前，她偶爾會叫中餐廳的外送，女人也總是說吃什麼都隨便。無論她點炸醬麵、炒碼麵還是炒飯，女人都會默默地吃。有一次，她不滿女人這種態度，故意點了海鮮麵羹。勾過芡的麵羹在送來的途中，麵變得更軟更黏稠了，但女人依然一聲不吭地用筷子撈著麵吃。中餐廳的菜單上有二十多道菜，她還是第一次點海鮮麵羹。她覺得麵羹這種食物與女人的窮酸很搭，甚至覺得這種食物就是為了女人而誕生的。

「再怎麼說……」

「什麼？」

「再怎麼說……怎麼能……」

「怎麼能什麼？」

「怎麼能……誰也不像呢……」

「怎麼不能？平凡的父母偶爾不是也能生出天才嗎？」

「再怎麼說……」

「您也真是的，我不都說是基因突變了。」

「話是如此……還是有像的地方……」

女人把頭轉回原位，雙手緊抓抹布又擦起地板。女人平平的胸部就快貼在地板上了。

「您根本不了解什麼是基因突變……」

「妳竟然……」

「竟然什麼？」

「算了……」

那一瞬間，她恨不得抓起一張衛生紙把像唾液一樣黏在地上的女人清理乾淨。如果可以，她真想擦起地上的唾液，連同女人也丟進垃圾桶。

物種分化

除了唾液變乾，她對女人似乎一無所知。

雖然在一起生活了五年，但她從未去了解女人，也從未想過要了解。因為女人不是她關心、好奇和被吸引的對象。與其關心女人，不如去關心那些經常出現在電視劇、廣告或雜誌上的女明星們鬧得沸沸揚揚的結婚、離婚，以及不為人知的私生活。

女人身上沒有一點吸引她的地方，至今她對女人的了解就只有：一九四九年生人，屬牛，老家在忠清南道扶餘，有一個很俗氣的名字叫鄭順子，小學畢業，獨自一人養大三個孩子。女人從不吐露心聲，所以她有時也會好奇女人都在想什麼，但轉念一想，知道了又有什麼用。

女人出生時，想必不是這副會讓人聯想到唾液的模樣。雖然現在已經變成蒼老憔悴的老女人，女人一定也有過膚色白潤、雙頰紅暈的少女時代。

想像女人年輕的樣子並非易事，她毫無頭緒，就像在腦海中勾畫陌生人，況且她從未見過女人年輕時的照片。女人絕對不是美人，也看不出有什麼特別的魅力。但也不是那種惹人厭的長相，只能說長得過於平凡。不要說少女時代的樣子了，她連女人四十多歲的模樣都難以想像。最初見面時，女人就已經年過半百了。那時女人的眼皮已經下垂，腰背也彎了，面無表情的臉硬得跟地板紙一樣。

關於女人，有一點她倒是可以肯定。那就是女人與自己是「不同」的人。

女人擁有完全不同的思考模式、價值觀、生活習慣和情緒。當然，還有體質、血型、性格和細微的小習慣，都與她不同。她可以理解，畢竟女人當年生養孩子的年代與現在不同，存在差異也是理所當然。現在的世界變化太快，就連跟只比自己小三、四歲的同事相處，也能感受到代溝。那些年長十歲以上的同事更讓她覺得如同外星人或新生物。彼此經歷的歲月與年代不同，難免存在差異。但差異也未免太懸殊了吧。

她覺得自己與女人已經超越了代溝的問題，女人根本是不同次元的人。自從女人確診為口乾症後，她對女人產生了異質感，甚至覺得女人變成了一種即使交配也不會繁殖的物種。

就像海洋的浮游生物？她從比自己早一年被解僱的同事那裡聽說，一種物種在進化過程中會分化成兩種，但還是會保留分化的痕跡。那個與她交情深厚的同事擔心兩個孩子會因為母親只有高中學歷而抬不起頭，都快四十歲了，還積極地報考了廣播通訊大學（主修生物學）。同事的婆婆是一個不肯擺脫朝鮮時代思維的人，所以婆媳間的矛盾愈演愈烈。同事也想過離婚，直到有一天看了EBS的節目後，找到了解決矛盾的方法——把婆婆視為與自己不同的另一種物種。這樣一來，自己變得舒心了，也不再爭吵。同事說，不同物種住在一起怎麼可能沒有矛盾，還講解了半天關於進化的事。她隱約記得似乎是因為氣候和鹽度等環境變化，促使海洋的浮游生物發生進化和分化。

把女人視為另一種物種，不僅對自己、對女人，甚至對婆媳關係都有好處。因為無需再浪費時間思考為什麼會存在如此懸殊的差異，以及一些永遠無解的問題。試圖理解女人，只會讓自己怒火中燒。

她突然很想提醒女人，她們屬於不同的物種。

「聽說物種在進化過程中會分化。雖然原本屬於同一物種，但隨著環境變化會分化成不同物種。」

女人知道什麼是物種嗎？但連六歲的珉秀也知道什麼是進化。為了學前教育，她買了很多童書，其中就有用圖文講解的達爾文的探險和進化論。一套五本的《自然科學童話》中，孩子最喜歡有加拉巴哥象龜那本，還常纏著女人讀給他聽。

「……妳是說品種嗎？」

「品種？」

「不是一樣的嗎……」女人用好不容易才能聽清的聲音小聲說。

她不知道女人這句話是在自言自語還是說給她聽，所以沒再多說什麼。她只是想提醒女人，雖然她們同為女性，卻屬於不同的物種。也許是因為停水，心情煩悶的她覺得今天的女人看上去更像是與自己完全不同的物種了。

「……妳說品種怎麼了？」

「我是說，物種……」

她說的明明是物種，女人卻堅持說成品種，如此固執的女人讓她更加心煩。「品種」這個詞讓她覺得十分迂腐、不知變通，所以在發音時故意加重了「物種」的「物」字音。

「嗯……品種怎麼了？」

「在進化過程中，會分化成不同的物種。」

「妳是說，一個品種變成兩個品種？」女人轉頭看著她。

「就像人類是同一物種，但還是有很多不同的人啊。」

「……」

「不是有很多人想成為另一種人嗎？」

「另一種人？」

「因為不合群，就乾脆變成另一種人。我也這麼想過，難道您沒有嗎？無論在哪裡我都會遇到這樣的人，我身邊也有這樣的人……您沒有遇過嗎？」

「人不都是一樣，怎麼能變成另一種人……」

「我不是這個意思。您看，您和我就很不同啊！」

「我們嗎？」

女人脫口而出的「我們」，比在月子中心聽到的「我們」更讓人不痛快，但她還是不動聲色地忍了下來。
「光看您和我，就已經很不同了啊！」
「有嗎……」
有嗎？這是不肯承認不同？在她聽來，女人這句既不否定也不肯定的回答，更偏向於強烈的否定。
「您和我從頭到腳，沒有一點相同的！」
「從頭到腳……」女人認真地重複。
她不知道女人是沒聽懂還是假裝沒聽懂，甚至懷疑女人是存心想惹自己生氣。
「何止從頭到腳，簡直讓人覺得根本就是不同物種……」
「妳是說，我們屬於不同的品種？」
「可以這麼說啦。」
她恨不得把這些不同逐一寫出來證明給女人看，但突然又洩了氣。因為停水，連臉也沒洗，加上女人堅持把物種說成品種的固執態度，讓她已經提不起精神做任何事。
「就算是這樣，但我們……」
面對眼前固執己見的女人，她不禁懷疑起女人是不是同一個人。諷刺的是，她不了解女人，也從未想過要了解，甚至剛才還在想，除了口乾症，自己對女人知道多少呢？但她還是覺得自己很了解女人。女人已經不是原來的女人了，不是兩個小時前，不，不是一個小時前她認識的女人了。認識的那個女人去哪了？一個陌生的女人正在擦客廳的地板。

乾脆把女人看成不認識、不了解的人好了。即使不了解女人，生活也不會有任何不便。她起身走到洗碗槽，把水龍頭開到最大，還以為水龍頭會滴出水來。

沉迷於虛擬狗的孩子突然狂抓自己的脖子，但她沒看到。虛擬狗汪汪地叫著。

她突然想起浴室抽屜裡的染髮劑，升起了一股想立刻拿來塗在女人頭髮上的衝動。去年春天，想到女人一直沒時間去髮廊，她特地買來染髮劑，打算在家幫女人染髮。但直到現在，染髮劑的包裝都沒有撕開。她無法否認的是，這些年來，女人的確很盡心盡力在照顧這個家，所以她想透過這種方法來報答女人。隨處可以買到這種只要按照說明簡單塗抹，就可以完成染髮的染髮劑。但等到真的要親手幫女人染髮時，她突然覺得渾身發癢，彷彿起了麻疹。想像自己像電視劇裡善良的媳婦一樣幫婆婆染髮的畫面，讓她的雙頰下意識地變燙了。

所謂共生的幻想

她又掃視了一遍客廳和廚房，以及擺放各處的家具。小到鍋碗瓢盆，大到家具，女人總是把家裡擦得乾乾淨淨。那些家具都是他們結婚時，考慮到實用性、不退流行的設計和價格購入的。陽臺上那些她從未澆過一次水的盆栽，也被女人打理得井井有條，枝繁葉茂。即使女人口腔的唾液變乾了，仍不忘替盆栽澆水。直到今天早上得知停水前，她覺得家裡唯一在變乾的就只有女人的口腔。女人不會眼睜睜看著吃剩的生菜、一粒米、一塊水果放在那裡變乾不管，家中唯一可以任其變乾的，只有每天水煮消毒的抹布和掛在晒衣架上的衣服。

掃視一遍被女人打理得井然有序、一塵不染的家後，她莫名傷感起來，彷彿固有領土受到了侵犯，這是一場為了生存而展開、激烈殘忍且無聲無息的領土戰，而她敗下陣來。一股感傷湧上心頭。領土戰……雖然她也覺得這種想法有點極端，但似乎沒有比這更貼切的說法了。無論是人類世界還是動物世界，仔細觀察便不難發現，領土戰爭無處不在。甚至連沒有尖牙利爪、本是同根生的植物也會為了生存而拓展枝葉，展開領土之爭。在名為購物臺的世界裡，正職、約聘和派遣員工也是為了占領一席之地而爭得你死我活，即使這場戰爭並非出於大家的本意。

家裡的領土之爭就像魚缸裡的觀賞魚在廝殺一樣安靜，她無法忍受這種安靜，實在很想大吵大鬧到讓街坊鄰居都知道，吵出一個結果……

她很清楚魚缸中的觀賞魚為求生存會展開怎樣的搏鬥。新婚初期，有人送了她一個魚缸，她一時興奮，養了三隻泰國鬥魚。這種產於泰國的觀賞魚從頭紅到尾，魚腹連到魚尾的魚鰭輕輕搖擺，猶如三團永遠不會熄滅的小火花在水中游來游去。在這個僅有地球儀大小的魚缸裡，三隻泰國鬥魚為了生存互相用嘴去啄彼此的魚鰭。雖然在搏鬥中，牠們也會發出掙扎的吶喊和慘叫，卻被比牆壁更堅固、比沉默更安靜的水吞噬了。也許是魚缸裡的搏鬥比從外面看到的更加激烈，也可能是因為她沒有按時餵食和換水，結果不到半個月就只剩下一隻。直到最後一隻魚也死後，魚缸便被她送去了娘家。後來聽說這種魚是越南農夫養的鬥魚，牠們一旦展開鬥爭，就會鬥到一方不支倒地為止。

她真恨不得立刻把過去五年來，被女人一點一點霸占的領土搶回來。就在她想起泰國鬥魚的生死之戰而焦慮不安時，女人仍在那裡埋頭擦地板。

就連飲水機放在洗碗槽與冰箱之間也讓她看不順眼。女人搬來前，那臺飲水機一直擺在冰箱與餐桌之間，突然有一天她下夜班回家後發現，飲水機被移到了現在的位置。當時她沒跟女人計較這件事，一夜沒睡的她渾身乏力，也覺得飲水機擺在哪都無所謂，只要能喝水就好。

何止飲水機，女人還把三人沙發組中的單人沙發移到了陽臺。客廳很小，單人沙發的確有點占空間。但把沙發移到陽臺這麼大的事，女人竟然沒跟自己商量一聲。餐桌也朝廚房的方向移了兩步，更不用說擺在廚房的鍋碗瓢盆和調味罐了。回想起來，女人搬來後最先做的就是改變調味罐的位置。原本塞在櫥櫃裡的調味罐，全被女人移到瓦斯爐後面的架子上。她心想，反正今後將由女人掌管廚房，便也沒多說什麼。

家裡沒有改變位置的只有臥室的衣櫃、床、冰箱和洗衣機等體積大的東西。如果是一個人就能搬動的，都被女人改了位置。

女人就像有強迫症似的把家裡的物品擺放得整整齊齊、有條有理，一旦為物品選好位置，就必須放回原位。調味罐就是最好的證明。她從沒見過七個調味罐對調過位置。煮飯時手忙腳亂的難免會擺錯，但白糖、紅糖、味精、粗鹽、辣椒粉、芝麻和海苔粉總是會按照順序一字排列在架上，就連浴室毛巾也都按顏色整整齊齊地排列在抽屜裡。她實在受夠了抽屜裡像棋盤一樣、橫豎排列整齊的襪子。女人時不時還會去整理脫在玄關的鞋子，就連鞋子擺的方向也要管。通常在餐廳為了方便穿鞋，鞋頭都會朝外，女人卻堅持鞋頭要朝內。難道女人連這點常識也不知道？非要這樣擺才覺得舒心嗎？

「為什麼把電話放在那裡啊？」

「嗯……？」

「我問您，怎麼把電話擺在那裡？」

電話原本擺在電視右邊，某一天突然移到了左邊。女人擅自移動了電話的位置。至今家裡的東西無論怎麼移來移去她都沒說什麼，但今天她就是想跟女人計較一下，所以開始追問。

「因為電話就該擺在那裡……」女人用理所當然的語氣小聲說。

「就該擺在那裡？」

女人出乎意料的回答讓她莫名其妙，立刻反問了一句。電話又不是人，幹麼計較擺在哪裡？事實上，電話的「位置」讓她想起自己在購物臺那個自動連線「245」專線、三面被隔起來的狹小位置，現在卻突然丟失了……

「原本的……位置……」

不知道她在想什麼的女人，又變本加厲地補了一句「原本的位置」。不是「位置」，而是「原本的位置」，難道女人覺得調味罐也有自己原本的位置，才那樣排列擺放？

「原來不是放在那裡的。」她壓抑著情緒，努力保持冷靜，斬釘截鐵地說：「我是說電話的位置。」

「不，是那裡……」女人聲音很小且分了岔，但語氣十分堅定。

其實電話擺在電視左邊還是右邊都沒問題，她也覺得計較電話擺在哪這種小事很可笑。但今天，她就是不想放過女人。今天除了停水，別無異常，她卻神經緊繃，不肯放過任何一句女人的無心之語。今天她就是想讓女人搞清楚，自己像唾液一樣黏著地板擦得乾乾淨淨的客廳，以及一塵不染的廚房，到底是誰的領土。

「誰規定的位置？」

「……」

「誰？」

「……」

「到底是誰？」

她恨不得立刻把所有東西擺回原位，把放在瓦斯爐後的調味罐塞回櫥櫃，把飲水機移回冰箱與餐桌之間，把單人沙發挪回客廳。她很好奇，如果真這麼做了，女人會作何反應。說不定還是毫無反應，然後趁她不在家時，再把東西移回去。等她回家，就像什麼事也沒發生一樣，坐在那裡摘豆芽或擦地板。

「是您嗎？」

「就該擺在那裡……」

「您擅自決定的，所以就該擺在那裡？」

「那裡……」

她心想，女人該不會把這裡當成自己家了吧？過去五年都是女人在打理這個家，會這樣想也不無可能。既然如此，不就更該讓女人搞清楚，這裡是她媳婦的家嗎？

「不只電話，還有其他東西也要放回原位。」

「……」

「原位！那個也是！」

女人知道她指的「那個」是什麼嗎？家裡的東西都移動了位置，女人一定搞不清楚她說的是什麼。

「放在那裡太礙手礙腳了。」

她覺得在自己與女人之間流淌著一觸即發的緊張感，但不確定女人是否也感受到。她深深吸了口氣，站起身，怒瞪著半天毫無動靜的水龍頭，然後朝瓦斯爐走去。七個調味罐被她塞回了原位——櫥櫃。

女人也知道，這個家太小了，根本不可能讓兩個女人各占一方淨土和睦相處。她自己也很驚訝，過去五年是怎麼和女人一起生活的。她們住的地方不是有兩間浴室的新公寓，而是只有兩個房間的舊公寓。

比起和女人生活在一起的便利，她想到的都是不便之處。冬天還好，夏天的不便豈止一兩個。酷暑的夜晚，她也不能穿得太露在婆婆面前走來走去。即使是三伏天，不怕熱的女人也會穿著襪子，她也只能穿得得體些。去年暑假酷熱難耐，為了省電費也不能一直開冷氣，風扇吹出來的都是熱風。她心想，在家的是婆婆又不是公公，於是穿了件會看到乳溝的無袖洋裝。

女人可能是看不慣，小心翼翼地說了句：「怎麼不穿件衣服呢？」

「衣服？我不是穿了！」

「還是穿件衣服吧……」

「您看不見我身上這件衣服嗎？」

她非常不滿，連在自己家穿什麼衣服女人都要管，但最後還是換了件不那麼露的衣服。

雙重生物

跟女人一起生活了三個月後，她開始覺得自己和女人是一種共生關係。雖然彼此有很多不同，但出於需要不得已，於是互相幫助、住在一起。有一種菌類和綠藻類是因互利共生而結合在一起的植物，好像被稱為地衣類。這種結合甚是緊密，以至於沒有其中一方，另一方便無法生存。它們看似是一種植物，但其實是雙重生物。關於生物，只知道弱肉強食、自私的基因、絕種和進化的她，之所以記得「地衣類」這種植物名稱，是因為覺得雙重生物的說法很有趣。不是雙重人格，而是雙重生物。

「您知道雙重生物嗎？是一種合二為一的生物。」

「……」

「而且尚未發現的雙重生物，不知道有多少種呢。」

「……」

「就是那種明明是兩種或多種生物，但結合在一起後，看上去就像一種生物。」

「人可能也是那樣……」
「人？」
「人也可能是妳說的那什麼雙重……多重生物……」
「您在說什麼呢……」她嗤之以鼻。
「不是妳說的嗎？妳剛才不是說，可能有很多尚未發現的雙重生物……」
「再怎麼說，人也不可能是雙重生物啊。」她搖了搖頭。
「說不定只是尚未發現而已……」

女人挺直上半身，背有點駝，垂下頭動也不動，彷彿一尊石膏像。搞什麼？女人該不會真這麼想吧？她覺得女人根本不懂什麼叫雙重生物，只是在胡言亂語。人類這麼自私，怎麼可能是雙重生物……她認為其他物種都可能成為雙重生物，但人類絕對不可能。

十幾分鐘過去了，女人還是一動不動。她以為女人睡著了，看起來又不像。女人的目光呆滯，眼睛就像掉了鈕扣的空洞。平日，女人也常會像血液凝結、心臟停止跳動了一樣，呆坐在客廳地板、餐桌前或沙發上。即使女人不動聲色地如家具般存在於家中，她還是感到礙眼。反倒是女人洗碗、擦地、拌小菜時，察覺不到什麼存在感。然而，當女人若有似無的存在於家中時，卻格外沉重、不自在。

這幾天，她看女人不止不順眼，已經到了胸口發悶的程度，就像有未消化的食物卡在食道與胃之間。但也不可能像吐口水一樣把女人吐出來。畢竟女人只是像唾液，不是真正的唾液。

「您好像沒搞懂什麼是雙重生物，雙重生物是……」

她不確定女人是否在聽自己講話，因為女人動都不動，似乎連呼吸也沒有。正如一方的存在感凸顯時，另一方的存在感就會相對減弱，當女人的存在感逐漸變大，她就覺得自己越來越渺小。

「雙重生物……」

她突然不知所措，啞口無言了，因為意識到女人的存在對自己造成了威脅。而且在她想詳細解釋何謂雙重生物時，腦子也變得一片空白。她從不覺得自己很特別，所以遇到對自己造成威脅的人時難免驚慌。更何況，對自己造成威脅的人不是別人，而是女人，這很傷她的自尊。這幾天除了睡覺，她提不起精神做任何事，甚至懷疑自己是不是得了憂鬱症。覺得自己越來越渺小，甚至自慚形穢。

但之前在購物臺做電話銷售員時，她也常因為自卑而情緒低落。電話銷售員只能透過聲音接待客人，她每天平均要接一百二十通電話。入職前，新人都會接受語調和語速的訓練，所以五百多名銷售員的聲音聽起來幾乎是相似的。因此，她覺得沒有人會記住自己的聲音，甚至之前打電話訂購登山鞋時，稱讚自己聲音好聽，死纏爛打想約見面的客人，她也懷疑對方根本不記得自己的聲音。

公司不顧當事人反對，堅持要為工作十五年的她在烤豬排店舉行送別會。那天在餐廳男女共用的廁所裡，她站在散發尿騷味的男性小便斗前淚流滿面，只要想起來，她就氣得咬牙切齒，羞愧不已。她想洗乾淨哭花的臉和手，但廁所的水龍頭就像今天家裡的水龍頭一樣沒有水。

如果是唾液……說不定早就……

她強忍住不能說出口的話，連同嘴裡的唾液一起嚥了下去。想到「忘恩負義」這個詞時，她也會受到良心譴責，但不會因此自責自己是個糟糕的媳婦。因為身邊很多人都和自己一樣，為了撫養孩子，勉為其難與婆婆生活在一起。等孩子送進幼稚園或學校，就不再需要婆婆幫忙了。等到那時，婆婆也會因年邁而生病。雖然不知道別人是如何對待婆婆，反正她覺得自己是個很明事理的媳婦。

跟朋友或同事聊天時，她覺得大家的想法都大同小異。她想不到的問題，大家也幾乎想不到；她不會去想的問題，大家也不會去想。因此她覺得自己與大家的想法一樣，甚至堅信自己是個極其普遍且按常理思考的人。

在她看來，並不是媳婦越來越精明計較，而是社會促使她們不得不做出選擇。她甚至覺得身為女性，比起自己這代人，上一代女性的日子過得更舒坦。她的母親常說，如今煮飯有飯鍋、洗衣有洗衣機、掃地有吸塵器，生在福中要知福。但如果仔細觀察，會發現日子並不容易。

僅靠身為一家之主的丈夫微薄的薪水要想買房，簡直就是作夢。在這個視外在條件如命的社會，丈夫一個人的薪水連孩子的教育費都負擔不起，然而生完孩子也要繼續工作的妻子還要為無人照顧孩子大傷腦筋。等孩子到了上幼稚園的年紀，又會出現新問題：沒有幼稚園會顧孩子到家長下班，所以還要送孩子去各種補習班。每當看到九點新聞報導幼稚園老師或園長虐待孩子時，她就會揪著一顆心，擔心這種事也會發生在自己孩子身上。等上了學又要擔心孩子會不會被同學排擠，甚至連學生家長之間也會發生所謂的「霸凌」。

如今，一生職場的概念早就不存在了，說不定丈夫哪天也會淪落為失業者。

「也許就像您說的，人也是雙重生物。」

女人沒反應。

「不，說不定人才是最具代表性的雙重生物！」她覺得自己在對牛彈琴，忍不住又補了一句：「但如果不是互助的共生關係，雙重生物又有什麼用？」

她深知如果現在自己不找新工作，就不會像之前那樣迫切需要女人的幫忙，更不可能與之共生。她之所以看女人不順眼，是因為女人那始終如一的態度。她從女人身上切實體會到始終如一也並非是一種美德。有時，那種態度比圍牆更令人透不過氣！在這個世界上，還有比明知道該改變，卻寧死也不肯改變的人更教人抓狂的嗎？女人就是那種寧死也不肯改變、絲毫不懂變通的人。

光從煮飯就可以看出這一點。女人總是選擇同樣的食材和料理法，做出同樣的食物，盛放在同樣的餐具中。比如拌豆芽菜，女人就只會用鹽和辣椒粉拌出通紅的豆芽菜。她從沒見過餐桌上出現用芥末、醋和白砂糖拌好，酸甜可口的豆芽菜。就連沙拉，女人也只會做那種把三、四種水果、馬鈴薯和黃瓜切成小塊後，加入美乃滋攪拌均勻的沙拉。女人會知道除了美乃滋，還有油醋沙拉醬、芝麻沙拉醬、奇異果優格沙拉醬、黑醋蒜沙拉醬、義大利香醋沙拉醬嗎？

女人的始終如一，已經到了即使她不再去上班，女人還是依舊負責全部的家事和照顧孩子，和她去上班時一樣。女人照常清晨起床準備早飯，帶孩子，一絲不苟地打掃衛生，不厭其煩地把家裡打掃得一塵不染，她從未見過女人偷懶。

整日待在家裡，吃女人按時端上桌的飯菜，用著女人疊得整齊的毛巾，她心裡多少也會不舒服。剛失去工作那幾天，她還對女人心存感激，但這種感激之情持續不到一個星期。她以為女人的態度會發生改變，但女人非但沒有把家事分給她做，連洗碗這種小事也沒有交給她。她不好意思什麼也不做，於是用吸塵器吸了一遍地，女人似乎不滿意，又重新吸了一遍，特別是沙發、床和衣櫃下面。女人還會從她洗過的衣物裡，另外挑出毛巾再用水煮一遍殺菌。

有一次，她煮的鮪魚泡菜湯味道太淡，女人又加入火腿、泡菜和辣椒再煮了一遍。雖然泡菜湯味道變好了，她卻覺得女人無視自己的誠意，心裡很不痛快。何止這些，連她端上桌的小菜，女人也要重新再擺一遍，把涼拌小菜和泡菜擺得離熱湯遠一點。總之，她一直覺得自己在幫倒忙，不免很在意女人的臉色，即使女人並沒有給她臉色看。

她不擅長做家事，而且最討厭洗碗。念書時，每次都把煮拉麵的鍋子隨手丟在洗碗槽裡不管，母親為此不知說過她多少次。與她相反，女人非常勤快，連用過的水杯也會隨手洗乾淨。要是沒跟女人住在一起，這些事都得自己來，但現在住在了一起，所以女人跪在地上擦地時，她能坐在餐桌前啜著咖啡。

女人非但沒給她臉色看，甚至好像她不在家一樣，看也不看她一眼。其實被無視的不是女人，而是她。她心想，必須賺錢是其次，看起來因為女人的關係，也得趕快找份新工作了。她甚至懷疑女人這種始終如一的戰略是為了不讓她待在家裡。從婆婆的角度來看，媳婦出門工作在很多方面都有好處，其中最重要的好處是可以證明自己還有用處。更何況，現在的婆婆都看不慣兒子一個人在外辛苦賺錢，媳婦卻在家遊手好閒。從這點來看，女人也和現在的婆婆沒有什麼不同。

但找新工作哪有那麼容易。和她同一天被解僱的同事有兩個連年生的小孩，丈夫在印刷公司做行銷，兩個人的薪水都花在孩子的英語幼稚園學費。收到解僱通知當下，那個同事便下定決心，絕對不能放棄送孩子去英語幼稚園。同事不到半個月就在保險公司找到電話推銷的工作。工作條件非常惡劣，非但沒有四大社會保險[6]，連薪水也是按接聽電話的件數和銷售業績計算。同事說，外包的客服中心還會再加聘三十多人，但她覺得接聽電話就很吃力了，更別說主動打給陌生人推銷保險。

「妳和我……」

將近二十分鐘沒任何動靜的女人，突然像說夢話似的開始嘀咕。女人的身子低得額頭都快碰到地面了。

「我和您？」

即使快要趴在地上了，女人還是用力擦著地板。

「是啊，說不定，妳和我……」

「我和您怎麼了？」

「那個雙重……」女人握著抹布的手用力向前一伸，骨瘦如柴的兩隻手臂青筋暴出，好似地震後裂開的裂痕般。「雙重……生物……」

那瞬間，她真希望女人的唾液連零點零零零一毫升也不要剩。這樣一來，從她那張沙漠般乾燥的嘴裡發出的聲音，就會變成沒有意義的噪音和廢話。

她後悔莫及，根本就不該在女人面前提什麼物種和分化。

6 失業保險、醫療保險、工傷保險、國民年金。

症狀與處方

如果慢慢變乾的不是唾液，而是女人，會怎樣呢？不只唾液，而是整個女人隨著唾液變乾。女人的身體是不是也變乾了？與搬來前相比，女人明顯瘦了很多，身高似乎也變矮了。

「您怎麼越來越瘦了？」

「嗯……」

「感覺就像唾液一樣。」

雖然她時常忘記，但還是很在意女人唾液變乾這件事。女人沒有因唾液變乾給身邊的人帶來不便，確診前後也沒有任何變化，唯一的變化就只有她對女人的態度。女人吃水泡飯已經不是一天兩天了，但她越看越不順眼，甚至反感到不願一起吃飯。

假如女人的口乾症給身邊的人帶來不便，又會如何？她是否會想方設法的為女人做些什麼？即使無法阻止唾液變乾，但是否可以延緩變乾的速度呢？

女人從未提過唾液是怎麼變乾的，也沒表露過因此受到的痛苦。住在其他城市的兩個女兒也不知道女人生病了，由此可見，除了兒子和她，女人沒有把這件事告訴任何人。要不是那個週六晚上，丈夫追問女人為什麼只吃水泡飯，一口辣燉鮟鱇魚也不吃，他們也不會知道這件事。她也想過要不要把這件事告訴女人的兩個女兒，又擔心她們會把責任推到自己身上。也就是說，她擔心兩個女兒會認為母親罹患口乾症是因為她，所以一直沒告訴她們。一年最多才見一兩次的人，不免讓她覺得生疏。雖然沒有明講，但兩個女兒都覺得她提出同住，是故意要女人去做保母，小女兒甚至公然反對女人搬過去。話又說回來，就算她們知道這件事，女人的口乾症也不會立刻好轉，就算是親生女兒也無能為力。既然女人自己都不講，她又何必多嘴。

難道女人是想默默獨自承受痛苦嗎？她覺得女人沒說只是因為不善言辭，並非出於不願孩子為自己擔心。口乾症這種病就算告訴別人，大家也幫不上什麼忙，頂多買點有助於分泌唾液的酸甜水果罷了。

當然，如果病情嚴重到要住院或做手術的地步，她肯定會為了平攤住院費和手術費告訴她們的。但口乾症不是靠手術就能解決的問題，這種病沒辦法像摘除腫瘤一樣，從女人的嘴裡摘除什麼。

醫生開處方時，她還以為會有像人工淚液之類的藥水。但世上並沒有類似唾液成分、無色且黏度適中的液體，也沒有能在乾燥到裂開的舌頭上滴一滴，就能分泌出唾液的藥水。除了舒樂津錠劑，醫生沒有開任何處方藥。要是有人工唾液，醫生一定會開的。也許是因為覺得唾液微不足道又髒兮兮，加上成分十分複雜，才沒有開發吧。

如果唾液也能像輸血一樣分享給別人呢？唾液……要是真能那樣，她會欣然地把溢滿口腔的唾液分享給女人嗎？有別於女人，她的唾液分泌量多過一般人。走在路上聞到食物香味時也會不由自主地流口水。在女人為了做檢查而費力吐唾液時，她的口腔就溢滿了口水，量多到恨不得直接吐到女人手中的空杯裡。但唾液又不像肝臟或腎臟可以移植給別人，想到自己嘴裡含著別人的唾液就覺得很噁心。所謂的唾液，就是這麼微妙。

她的腦中下意識地浮現出自己分享唾液給女人的畫面，就像做人工呼吸那樣嘴對嘴，把唾液……只是一秒閃現的畫面而已，她就覺得又髒又難為情了。事實上，就算可以分享，她也不會分給女人一滴，哪怕是零點零零零一毫升。

前面說過，唾液變乾的過程悄然無聲，但並非毫無症狀。隨著唾液逐漸變乾，女人出現了幾種症狀。雖然這些症狀不像咳嗽、打嗝、腹瀉和高燒一樣明顯，卻是持續的，而且在不知不覺中顯現出來。

最明顯的症狀就是女人日漸消瘦。只是唾液變乾，怎麼人也跟著瘦下來了？她後來想想覺得也很正常。因為適當的分泌唾液，才能讓食物在咀嚼過程中變軟、方便吞嚥，唾液變乾，讓女人的咀嚼和吞嚥越來越困難了。只能吃水泡飯後，女人的食量也隨之減少，體重自然降了下來。起初她還沒想到這一點，直到看到女人的雙頰像深井一樣凹陷，才意識到女人的飯量大減，看起來簡直像是在做化療的患者。

工作繁忙、遲鈍又粗心的丈夫還開玩笑說女人是不是在減肥。站在同樣養育兒子的立場，她不禁覺得身為人子的丈夫，怎能對自己的母親如此漠不關心。同時也理解了那些年邁的老婦人為什麼總是哎聲嘆氣地抱怨，一輩子任勞任怨養大孩子也只是徒勞。但她同時又慶幸丈夫沒有因女人消瘦而責怪她。想到朋友那些所謂孝子的丈夫，為了婆婆的事經常吵翻天，她更加感到幸運。丈夫不會沒完沒了地囉嗦，督促她為女人煮牛骨湯、多幫女人分擔家事，或是少給女人臉色看。

另一個症狀是沒有食慾。可能是因為難以咀嚼稍黏的食物，且不好消化，女人的食慾大不如前。雖說女人平時吃不多，但食慾很好。別看女人身材矮小，每頓飯都能輕鬆吃下一碗飯、喝光一碗湯。女人偏好素食，但也不討厭吃肉和魚，烤五花肉也能吃下五、六塊。她看到過很多次，女人用烤牛肉的香甜醬汁拌飯，吃得津津有味。女人不忌諱魚腥味，吃剩的黃花魚或鯖魚，她也會再挑一遍魚骨頭上的肉。女人不愛吃零食，但喜歡吃年糕，冰箱裡總是凍了很多糯米糕和艾草糕，想吃時就取出一、兩塊放在平底鍋上烤來吃。但現在，女人就只用湯匙撈著水裡的米粒，變成一個食慾全無的人。她實在看不下去，於是開口問女人有沒有什麼想吃的，女人想了一下，搖了搖頭。

「什麼也不想吃嗎？」

「嗯，沒什麼想吃的……」

女人放棄了思考。她不理解，就算是口乾症，總會有想吃的東西吧。

不僅食慾，女人好像連味覺也喪失了。不知從何時起，端上桌的湯不是太淡就是太鹹。幾天前，她偶然看到女人在煮紫菜湯，卻愣在那連連搖頭，然後不停往湯裡倒醬油。結果那天的紫菜湯就算泡了飯還是很鹹。現在想來，在口乾症變嚴重前，女人煮的飯菜都很美味。以前她還看過女人煮飯時會用湯匙品嚐味道。不知從何時起，似乎連涼拌小菜的味道也不嚐一下了。難道口乾症已經嚴重到嚐不出味道了嗎？可能是因為這樣，即使是相同的食材、相同的料理方法，最後不是太淡就是太鹹，再也不同以往。在女人罹患口乾症後她才醒悟，味道對於食物是何等重要。

還有一個症狀是原本就少言寡語的女人比之前更沉默了。以前一天還可說到三、四句話的女人，現在大概只能說一句，或者乾脆一句也不說了。她不知道女人是因為口乾不想講話，還是擔心開口會散發口臭。

自從唾液變乾後，女人嘴裡就會散發一股臭氣。即便有刷牙，口臭仍成為症狀之一。她也知道唾液具有清潔口腔的作用，但沒想到唾液分泌的量會影響口腔的氣味。隨著唾液分泌量急劇減少，口臭也變得越來越嚴重。所以女人時不時就會去刷牙。每次女人從浴室出來，她都能聞到一股淡淡的牙膏味。自從她把從小巷飄來的臭氣誤以為是女人的口臭後，女人刷牙的次數更頻繁了，頻繁到教人擔心會傷到牙齦。那起誤會偏偏發生在女人去醫院做第三次檢查回來的晚上，醫生要求女人必須定期回診，確認唾液分泌量，以及唯一的處方藥舒樂津錠劑是否有效。吃晚飯時，突然飄來一股下水道般的味道，臭氣熏天，連孩子也摀住鼻子說有一股大便味。她立刻看向浴室，但門是關著的。

「這是什麼味道啊？」她眉頭一皺，瞥了一眼女人。

女人用烤海苔捲了一小口飯，正要餵孩子吃。女人抬起頭，看向她。

「什麼味道……」

看到雙唇一直緊閉的女人張開嘴，那瞬間讓她不禁懷疑臭氣是從女人嘴裡竄出來的。絕對是……那張口乾症嚴重，連笑也不會咧開的嘴，那個迷宮……

「臭味。」

她毫不掩飾地用厭惡的眼神瞪著女人的嘴。女人再次緊閉的雙唇抽搐了一下。

「您沒聞到嗎？」

女人垂下頭，無處安放的手揉搓著剛才捲的那口飯，米粒從揉碎的海苔裡跑了出來，手指沾滿了烤海苔的油和鹽粒。

「您不會是要把那個餵珉秀吃吧？」

「嗯？」

「您洗手了嗎？」她沒能忍住這一句，因為剛才看到女人一直拿抹布在擦飯鍋。

女人把手裡揉碎的飯捲塞進自己嘴裡，嚼了半天才勉強吞下去。女人起身走進浴室，大概過了十分鐘，等女人回來時，飄來了一股牙膏味。她堅信不移，臭氣來自女人之口。但事實上，那股臭氣是從小巷某處住宅壞掉的化糞池飄來的，不僅整條小巷都臭氣瀰漫，還透過陽臺飄進了各家各戶。

即使是她誤會了女人，但之後只要聞到令人不悅的臭味，她還是會用質疑的眼神瞪向女人的嘴，然後妄下結論，臭氣來自女人的那張嘴。無論那張嘴是緊閉還是微張。她甚至懷疑，世上的各種臭氣都來自女人那張嘴，有時就連浴室下水道竄上來的汙水味，她也覺得來自女人那張嘴。

口乾症還會導致齲齒和牙齦發炎。唾液成分中含的氟有淨化口腔的作用，所以唾液分泌量減少時，很可能出現齲齒。她從沒見過女人的口腔，自然不可能知道女人的牙齒和牙齦的狀況。

第二次檢查結束後，她才得知女人的唾液越來越乾了。如果說第一次檢查主要目的是為了確認病名，那麼第二次檢查則是著重於確認舒樂津的效果，以及是否產生副作用。

醫生開藥時提醒女人，舒樂津不但會增加唾液分泌量，也會增加鼻水和汗水分泌量。雖然分泌的部位、條件和目的不同，但同為人體的分泌物，唾液、汗水和鼻水似乎有密不可分的關係。醫生還建議，為了增加不足的唾液分泌量，需要適應一下這種程度的副作用。

「現在最重要的是讓唾液分泌量恢復正常值。」

醫生用徵求同意的眼神看著她，但她怎麼也不肯點頭。增加唾液分泌量沒問題，但是汗水和鼻水也增加，問題可就大了。光是想像女人一邊流汗、流鼻水，一邊洗米、煮湯、拌小菜，她就不由自主地皺起了眉。女人會用抹鼻涕的手去拌小菜，額頭沁出的汗珠也會掉進湯裡，然而女人會渾然不知的往湯裡加入大醬或辣椒醬……總之，女人還是按照醫生的指示，每天服用一顆藥。有別於她的擔憂，女人既沒有流鼻水，也沒有流汗。她只覺得萬幸，根本沒有想到這可能也代表唾液沒有增加。她心想，既然吃了藥，症狀肯定會緩解，所以在聽到第二次檢查結果時，實在驚訝不已。

服用了藥物，唾液分泌量反倒減少了，醫生也很頭疼。醫生看著她，目光讓人不太自在，彷彿原因出在她身上。她心想，醫生懂什麼，但又覺得醫生似乎看出她與女人是沒有任何感情的婆媳關係，雙頰不由得發燙。醫生不可能看出來，這不過是她自己的想像。就在醫生與她之間燃起微妙的對立火花時，身為當事人的女人卻異常平靜。醫生依舊看著她解釋，大部分口乾症患者服藥後，就算沒有恢復正常值，也不至於惡化。醫生思考片刻後補充道，除了增加藥量，沒有其他更好的方法了。因為醫生令人不悅的目光，她本不想說話，但還是不得不問了一句：

「增加藥量？要增加多少？」

「先加一顆，如果還是沒有效，日後再……」

見她一臉不滿地搖頭，醫生欲言又止。她做出這種反應也是有情可原，因為舒樂津是治療口乾症唯一的藥物，價格不菲，而且是進口藥，不在醫療保險範圍內。這顆比阿斯匹靈還小的小藥丸，卻比阿斯匹靈貴了十倍。

女人應該有按時服藥，但沒有放棄吃水泡飯的習慣。儘管醫生警告女人，水只會使口腔變得更乾燥，女人卻不以為意。這絕不是意志力薄弱的問題，女人不是意志力薄弱的人。她從沒見過女人睡懶覺或偷懶不洗碗，也沒有發現女人有喝咖啡之類的嗜好。由此可見，女人是擁有頑強意志的人。

四天後又是檢查唾液分泌量的回診日。每個月都要做一次唾液分泌量的檢查，不知不覺已經是第五次了。每次檢查，女人的病情都不見好轉，只能繼續預約下一次回診。第一次去醫院時，女人還很不情願，現在已經習以為常了。

每個月去醫院檢查已經夠讓她心煩了，偏偏每次檢查的地點都不同。第一次檢查是在口腔內科的五號診間，第二次是在顎關節中心，第三次又換成了口腔內科的六號診間，第四次則是在一個讓人聯想到野戰醫院的臨時診間。口腔內科共有九個診間，如同銀行的窗口一樣，沒有門也沒有牆，只以隔板隔開，按照從一到九的數字一字排開，所以隔壁診間的聲音可以聽得一清二楚。在顎關節中心做檢查時，她和女人坐在口咬馬蹄狀假牙的患者之中，等待護理師點名。這麼知名的大學醫院，竟然沒有專門治療口乾症的診間，可見口乾症患者不及癌症患者多。再不然就是，口乾症患者不覺得這是什麼大病。況且唾液分泌量因人而異，根據身體狀況和心情都會有所不同。

雖然藥量增加到兩顆，但第三次檢查結果還是很不樂觀。醫生將藥量增至三顆，每日三顆，三餐後各服用一顆。

「三顆，沒問題嗎？」她不可能直言擔心藥費太貴，只能委婉地問。

「也有一天服用六顆的患者。」醫生沒有看出她在擔心什麼，傻笑了一下。

「六顆？」

一天六顆的話，一個月要花多少錢啊？她在心裡計算起金額。醫生把另一位患者的處方箋拿給她看。

「一天六顆也無妨的。」

我不在乎六顆還是十顆，我在乎的是藥費。話已經到嘴邊，她強忍著吞了回去。她很想問醫生，女人就這樣生活下去不行嗎？她在醫院附近的藥局用信用卡支付了一日三顆、一個月的藥費。在她付款時，女人沒多說一句擔心藥費太貴的話，只是愣愣地站在角落。如果直到女人入土為止，每個月都要支付這筆錢，那可如何是好……她的心情開始沉重。一個月一日三顆的藥費，都可以幫孩子請鋼琴家教了。

如果在生活沒有大礙，她希望女人可以忍受口乾症的痛苦活下去。對任何事都無動於衷的女人，應該可以忍受的。再說，在確診、服藥以前，女人不也活得好好的。雖然飲食上是個問題，但只要買點補藥給女人吃，說不定食慾就會回來，很快就能胖起來。不如買點牛骨給女人熬一鍋牛骨湯？

她認為女人病情惡化，是因為女人知道了口乾症這個病名。女人之所以會日漸消瘦、一天說不上一句話、喪失食慾、散發難聞的口臭、牙齒腐爛，都不過是老化現象，根本不值得大驚小怪，沒必要放在心上。確診前，除了只吃水泡飯，也沒有其他問題啊。她甚至埋怨起自己，要是當初視而不見，就不會把事情越搞越大。不知情的話該有多好，反正也不是什麼絕症……

如果變乾的不是唾液，而是眼淚，那該有多好。她倒是從沒見過女人掉過一滴淚。

兒子勸女人，口乾就多喝水，但這對女人一點幫助也沒有。建議女人做唾液腺癌檢查的醫生警告女人，習慣性的喝水反而會加重病情。喝水只能暫時緩解問題，口腔裡少有的唾液會隨著水流進胃裡。也就是說，水不能取代女人變乾的唾液。醫生建議女人多吃蔬果，還親切地在黃色便條紙上列出黃瓜、小番茄和西瓜等含水量多的蔬果。因為唾液腺分泌的唾液是一種消化液。唾液不同於汗水和眼淚等分泌物，從人體流出的汗水和眼淚會蒸發、消失，但唾液則會沿著食道流入胃中，不會毫無意義地蒸發掉，而是如同血液在體內循環。

為什麼偏偏是唾液呢？

做第四次檢查時，她問自己。那天在做唾液分泌量檢查的臨時診間裡，只有女人、她和護理師三個人。診間一旁堆滿了凌亂的破桌椅，荒涼得讓人覺得這裡根本不是知名的大學醫院，而是窮鄉僻壤的非法診所。不知道是不是因為診間的氛圍，還是受夠了頻繁的檢查，不肯吐唾液的女人險些激怒護理師。女人就像故意在為難護理師，怎麼也不肯張嘴。按醫生指示來為女人做檢查的護理師一臉疲憊，她也很厭倦，最後乾脆走出診間到門口等，大口喝著販賣機的咖啡。

「我不是說了，請您吐出來啊。」

她聽到護理師催促女人的聲音。

「您吐啊。」

每當傳來護理師的聲音，她也會在心裡跟著嘟囔，彷彿護理師的聲音是從自己嘴裡發出來。

「請快點吐，吐出來！」

就這樣大概過了一個小時，徹底抓狂的護理師判斷這樣下去不是辦法，衝出了診間。她走進去一看，女人手裡拿著紙杯，茫然地望著窗外，窗外鬱鬱蒼蒼的大樹輕輕隨風擺動。她和女人默默站在窗邊，望著隨風搖擺的大樹，十分鐘後，護理師請來了醫生。在醫生勸說下，女人才好不容易做完檢查。

醫生輪流看了看保持沉默，長相沒有半點相似的她和女人，最後說，這次比上次的分泌量更少了，除了增加藥量和定期檢查，別無他法。值得慶幸的是，這次醫生沒有增加舒樂津的用量，但也沒有讓女人停止服藥。她不知道醫生做這樣的決定是出於期待緩慢的藥效，還是認為服藥阻止了女人的唾液徹底變乾。面對百思不得其解的她，醫生說先觀察一個月，到時再來決定增加一顆還是兩顆。看著毫無反應的女人，醫生又說了幾句鼓勵和安慰的話。病情越來越嚴重，女人卻毫無反應，這讓醫生也很絕望。

「最終，徹底的……」

「徹底？」聽到一直一聲不吭的女人突然開口講話，醫生有些不知所措。

「會徹底變乾吧？」女人目不轉睛地看著醫生。

「怎麼會呢？您定期來檢查，再增加舒樂津用量的話……」

再也說不下去的醫生最後請護理師幫女人預約了下個月的回診日期。

丈夫並沒有把女人的口乾症當回事，更不知道女人的病情惡化到了什麼程度。她覺得應該讓丈夫知道，於是等到丈夫在家的星期天，提了這件事。

「媽媽的口乾症好像越來越嚴重了。」

「難道是上了年紀的關係？」躺在沙發上的丈夫不停按著遙控器，敷衍地說。

「醫生說，媽媽的唾液分泌量還不到一般人的十分之一……」

「是喔。」丈夫伸手撿起地上的靠枕，墊在腿下面。

「總之，病情越來越嚴重了。」

「幸虧不是癌症。」

「癌症？」

丈夫提起一個她也認識的同學，說那個同學的母親得了大腸癌。

「聽說還是末期。那麼健康的一個人……我餓了，有沒有餃子啊？」

那天之後，她再也沒跟丈夫提過女人的病情。

家裡沒有條件天天買高價水果給女人吃，只能讓女人吃一千元四、五根的黃瓜。但不知從何時開始，女人也不吃黃瓜了，每天就只吃水泡飯，連之前配水泡飯的涼拌海苔也都不動一口。做完第四次檢查後，女人變得更加蒼老、消瘦。

「媽媽一下子老了好多。」

連得知女人的唾液分泌量還不到一般人的十分之一後也無動於衷的丈夫，終於開始擔心起女人。

「買隻鴨子給媽補補身體吧！」

丈夫就只是隨口一說，沒有再多問女人的病情。丈夫並不知道，女人之所以越來越消瘦，是因為唾液越來越乾。

她不知道唾液變乾是什麼感覺，因為只要她看到奇異果或橘子之類的酸水果，嘴裡就會不由自主地溢滿口水。雖然沒做過唾液分泌量檢查，但她總覺得自己的數值高過一般人，因此實在很難理解口乾症的痛苦。不過她也有過口乾舌燥的經驗，但那只是暫時的，也沒覺得會難以下嚥，或舌頭出現舌乳頭炎。比起口腔乾燥，她更理解口渴是什麼感覺。至今她還記得二十歲爬智異山時的口渴難耐。如果女人總是把口乾症的痛苦掛在嘴邊，也許她還能稍稍理解那種痛苦，就算不想聽，也會想方設法幫助女人，或至少說句「這病真是讓您吃了不少苦啊」之類的客套話安慰一下女人。

唾液……可能是因為一直在想唾液的事，她嘴裡又溢滿了口水，如同泉湧而出匯集在舌頭下、下巴和兩腮處。她看著女人，嚥下嘴裡溢滿的口水。

女人的唾液正在變乾，自己的唾液卻源源不絕。她覺得這有失公平，但轉念一想，世間的事不都是如此，女人和自己又怎麼可能一樣呢？

一直匍匐在客廳地板上的女人聳了一下肩膀，挺直上身，突然像丟了什麼貴重的東西一樣瞪大雙眼，匆忙地環視周圍。看到坐在沙發上的孩子後，臉上才掠過一絲安心。女人看著孩子張開嘴，但又立刻閉上了。沒有注意到女人迫切目光的孩子，仍舊沉浸在手中的遊戲。女人依依不捨地收回目光，眼神流露出擔心孩子會消失的恐懼。看到眼前一幕，她忍不住一陣發毛，女人對孩子的依賴程度可能超乎自己的想像，甚至還產生女人可能會把孩子吞噬掉的錯覺。

「您吃藥了嗎？」

「……」

「藥。」

女人不得已收回了停留在孩子身上的視線。

「好像被套了馬銜……」

女人又在說什麼？她不明白藥和馬銜有什麼關係。

「我是說藥，藥！」

「硬要擠出來……」女人搖了搖頭。

「硬要擠？擠什麼？」

「嚴重時，臼齒就跟釘子一樣……一個個死死地釘住嘴……」

「我問您，吃藥了嗎？」她提高嗓門，感覺到一股火已經衝到喉頭。

「勒得真是太緊了……」

「您沒吃藥嗎？」

什麼馬銜、什麼臼齒像釘子，女人搞得她一頭霧水。

「都出血了……不是唾液，是血……」

「血？」

「緊緊咬著臼齒……緊緊地……」

她只是想知道女人有沒有按時服藥。幾個月來，她根本不關心女人有沒有服藥。都那麼大的人了，還需要提醒嗎？況且她也沒有閒情逸致去管女人。今天隨口問了一句，只是因為女人看孩子的眼神過於執著，執著到讓她心慌意亂。

女人的聲音比平時分岔得更嚴重了，平時只分兩三條岔的聲音，今天卻分出了四、五條。她可以根據分岔的聲音，推測女人唾液變乾的程度。又不是在用製麵機做麵條，女人的聲音怎麼能分出那麼多條岔，想必病情又更重了。十分鐘前，她還希望女人嘴裡的唾液連零點零零零一毫升也不要剩，但聽到分岔嚴重的聲音後，她又擔心起女人。女人的口腔一直都很乾燥，如果變得比現在更乾，問題可就大了。她不得不修正想法，希望女人至少能分泌出唾液，哪怕是只有零點零零一毫升……不然，零點零零零一也好……零點零零零零零零……

負面的情緒讓她心生怨恨。竟然是雙重生物……自己和女人竟是出於不得已建立的共生關係……那一瞬間她領悟到，就連相濡以沫的夫妻離婚後也會形同陌路。然而唯有親子關係是無法選擇，且難以輕易斬斷的。

「藥，您吃了嗎？」

「我不是說了……就像被套了馬銜……」

「您怎麼一直說一些莫名其妙的話。」

「吃藥，嘴就像被套了馬銜，勒、很勒……嚴重時連喉嚨都像擰抹布……」

她這才明白女人在說什麼。女人覺得服藥後，嘴巴像被套上了馬銜，被勒得很緊，連喉嚨也像擰抹布一樣勒得緊緊的。那女人到底有沒有吃藥呢？

「所以呢？」

她沒有放棄，非要問出個究竟。

「所以，您沒吃藥？」

「心跳也加快……心臟都要炸開了……」

從沒服用過舒樂津的她，覺得女人根本在沒事找事。這是經由食藥署鑑定，由醫生開的處方藥，更何況醫生也只提到會流汗、流鼻水等副作用，根本沒說會有其他問題啊！要是真像女人講的，這種藥會出現嘴巴、喉嚨緊縮和心跳加速的副作用，醫生一定會事前告知的。最令她詫異的是，都過了五個月了，在醫生把藥量增加到三顆時，女人也沒說什麼啊。

「您也太大驚小怪了吧。」

女人瞥了她一眼。

「不是嗎？您明明也不是過敏體質，這樣講也太誇張了吧。」

女人只是因為口乾，難以嚥下食物，從沒有消化不良或食物過敏的情況。提到敏感，她覺得敏感的人應該是自己才對。她不僅對桃子過敏，夏天吃東西若稍有不慎，全身就會立刻出現過敏性皮疹。她的嗅覺也比女人靈敏。女人一點都不在意發酵的斑鰩的刺鼻臭味。刷洗馬桶時女人也不怕髒、不怕臭，簡直就跟抱著馬桶似的蹲在那裡刷洗，連散發下水道臭氣的排水孔內也總是擦得乾乾淨淨。

「您沒吃藥嗎？」

「……」

「我問您有沒有吃藥！」

檢查結果一次比一次失望，她這才明白為什麼女人的病情越來越嚴重。當意識到女人可能沒有按時服藥後，一種背叛感油然而生。又不是常見的消化藥或阿斯匹靈，那麼貴的藥，女人竟然……仔細一想，她從沒見過女人吃藥。

「您吃藥了嗎？」

「我不是說了……吃藥就像……」

難道女人死也不肯講到底有沒有服藥，是存心想激怒自己？鬱悶之餘，她甚至產生了被害意識，感覺因口乾症而受苦的不是女人，而是自己。每次想起常被自己拋到腦後的口乾症，她也備感壓力。每月一次的回診日總是來得非常快，每到這一天她就會神經緊繃，帶著像影子般跟在自己身後的女人在醫院走上一圈，一天就過去了。

片刻過後，女人突然自言自語起來：「這也難怪……」

她看向女人，很好奇接下來的話。

「沒有唾液，卻硬要……強人所難……」

古老的偏方

本以為已經不癢了的孩子又開始抓起脖子，剛才還握在手裡的觸控筆滾落到沙發下。玩遊戲時還笑容滿面的孩子，開始變得煩躁。

到了冬天，孩子的過敏性皮膚炎就會突然加重，她不得不格外用心地替孩子洗澡，狹小的家裡還裝了飲水機和空氣清淨機。十天前，她開始每天用泡過糙米的水幫孩子洗澡，要不是停水，現在她已經在幫孩子洗澡了。她很想接飲水機的水給孩子洗澡，但裡面只剩不到一半的水。

皮膚一旦癢起來，孩子就狂抓個不停，直到抓破皮、抓出血。血乾了、結痂脫落後，留下紅紅的疤痕。整個冬天，孩子全身都傷痕累累，無論她怎麼嘮叨、阻止孩子，孩子始終無法忍受皮癢。看來皮癢比抓破皮肉還讓孩子痛苦。晚上，睡夢中的孩子會像發作似的突然坐起來，狂抓脖子、雙頰和大腿，如果阻止他還會拳打腳踢、拚命掙扎。

她不明白孩子為什麼會得過敏性皮膚炎。三歲前，孩子的身體還像香皂一樣白皙柔嫩，五歲後就開始出現過敏性皮膚炎的症狀，甚至嚴重到被幼稚園的小朋友說成「怪物」。自從她得知孩子在幼稚園被排擠、欺負後，便讓孩子留在家裡，再也沒去幼稚園和補習班了。但這也不是長久之計，總不能讓孩子一直待在家裡。

她帶著孩子走遍知名的小兒皮膚過敏診所和韓醫院，但除了免疫力低，醫生都給不出明確病因。聽聞過敏性皮膚炎多半是遺傳，但她和丈夫連花粉過敏也沒有。青春期時她連青春痘都沒長過，更別說是皮膚炎了。現在住的公寓是十年前建的，不可能是裝潢的問題。她也懷疑過是壓力或環境荷爾蒙導致體質改變，但似乎也不是如此。孩子吃著女人親手煮的飯菜長大，應該也不是吃太多速食產品。女人對孩子的飲食格外用心，不僅不嫌麻煩地準備各種食材給孩子做紫菜飯捲，連果汁也都是親手榨的。多虧對飲食秉持嚴謹態度的女人，孩子遠離了熱狗、漢堡等速食。相反的，是她讓孩子大開眼界，知道世上存在著各種不健康的食物。孩子到了能送幼稚園的年紀後，每逢週末她都會帶孩子去大賣場，採買完就帶孩子去美食街吃速食。她明知女人在家等，還是希望一週至少有一天可以跟兒子獨處，品嚐一些不同的食物，以此來彌補孩子缺失的母愛。孩子毫不排斥地接受了與女人煮的飯菜存在天壤之別，華麗誘人的速食。雖然她也擔心，但偶爾吃一、兩次應該沒關係吧。就這樣，孩子的過敏性皮膚炎越來越嚴重。

從查無病因這點來看，女人的口乾症和孩子的過敏性皮膚炎存在相同之處。四次檢查後，女人的口乾症除了越來越嚴重，依舊沒查出任何原因。導致口乾症的主要原因有類風濕性關節炎和修格蘭氏症候群引起的免疫疾病、藥物副作用，以及甲狀腺或淋巴腺手術帶來的副作用等，但女人完全不符合這些情況。還有一種罕見情況是長期服用高血壓藥物也會出現口乾症，但這也與女人沒關係。除去外在因素，那就只能尋找內在的原因了。像是壓力或過度緊張……整日待在家中的女人能有什麼緊張的事呢？最後值得懷疑的，就只有萬病的根源——壓力了。女人是能有什麼壓力？在她看來，女人過著安穩無憂的日子，感覺女人對現在的生活也很滿意。五年來，她從未見過女人發脾氣，更沒聽過女人對做家事和帶孩子有所抱怨。女人能有什麼壓力……雖然她不想承認病因來自壓力，又找不出其他原因。

她回想起第三次檢查時醫生說的話，儘管舒樂津增加到了三顆，病情仍不見好轉，困惑的醫生語重心長地問道：

「您是遇到什麼打擊，還是有什麼特別震驚的事？」

醫生見女人毫無反應，用原子筆尾端敲了敲桌面。

「在口乾症初期時……像是遇到家人突然離世？」

即使聽到醫生問話，女人也像啞巴似的一聲不吭。

「或者遇到什麼被輕視、羞辱的事……」

「羞辱？」

提出反問的不是女人，而是她。

「嚴重的輕視、羞辱導致的不安、焦慮和憂鬱也是一種壓力。我的患者中就有這樣的情況。俗話說萬病皆由壓力所致，像暴飲暴食、酗酒和抽菸都是症狀的表現方式。我那位患者是大學哲學系的教授，他在課堂上被一名學生侮辱，進而覺得很羞恥。他說自己成為大家的笑柄後，出現了失眠和口乾舌燥的症狀。我建議他同時接受精神科的治療，沒想到唾液分泌量很快便恢復正常了。」

最後醫生乾脆看著她，滔滔不絕地講解起來，就像罹患口乾症的人是她，而不是女人。

「這個嘛……」她斜眼瞄了一下女人。

「說不定患者正在忍受連家人也不知道的事。」醫生一臉質疑的表情，輪流看了看她和女人。「患者可能遇到難以向家人啟齒的事。就算是一家人，也不見得什麼事都知道……很多時候，家人其實比外人知道得更少啊。」

醫生聳了一下肩膀。

她覺得醫生的話很有道理，於是追問女人：「您說說看，有沒有遇到被輕視或被羞辱？」

「嗯……？」女人像被針扎到似的抖了一下身體。

「在我不知道的時候，您遇過被輕視、羞辱的情況嗎？」

「妳不知道……？」

她不確定自言自語的女人把目光固定在哪裡，可能是在看放在桌角的那副假牙模型吧。那副詭異的假牙彷彿是剛從女人嘴裡，把女人整個乾燥的口腔掏出來，擺在桌子上。

「妳不知道……」女人歪了一下頭。「讓我想想……應該沒有……妳不知道的……」

女人又閉上了嘴，似乎無話可說了。

醫生急著結束問診，所以當下她沒有反應過來，但女人含糊的回答一直讓她耿耿於懷。現在想來，女人的意思似乎是，她知道自己遭受了怎樣的輕視與羞辱。女人不是在醫生面前含蓄地講出來了嗎？就在她努力回憶時，突然想起了一件事。

難道是因為那件事……

那件事發生在女人罹患口乾症前，也就是每天會分泌出一到一點五毫升、平均每分鐘零點六毫升唾液的時候。那時的女人還沒有吃水泡飯，孩子的過敏性皮膚炎也沒像現在這麼嚴重。雖然那時孩子的手肘窩和大腿內側已經開始長膿瘡，但塗過藥膏就會很快消下去。總之，那時的一切都很正常，她照常去工作，丈夫也一如既往地忙碌，正常地出差、加班和參加聚餐。

那天她上夜班，天亮才回家。接了一夜電話的她，簡單洗了個臉就上床睡覺了。下午兩點多醒來後，她來到客廳，看到女人正抱著孩子。就在她轉身要走進浴室時，突然停了下來，回頭又看了一眼女人，只見女人正用手指往孩子額頭上塗著什麼。她很好奇女人在給孩子塗什麼，觀察後發現，女人把手指拿到嘴邊蘸了點唾液，然後塗在孩子額頭上。

「您在做什麼?!」

聽到她的叫喊，女人嚇得縮了一下肩膀。

「嗯？」

「我問您在做什麼？」

女人收回放在孩子額頭上的手指。

「怎麼了？」

「您剛才在珉秀額頭上塗什麼？」她雙手抱胸地追問。

「那個……」

「我問您塗了什麼？」

嚇壞了的孩子鑽進女人懷裡。孩子也察覺到兩個女人之間的氣氛不尋常，來回觀察著女人和她的臉色。

「唾液……」女人不得已地小聲回答。

「唾液？」她簡直不敢相信，氣得直搖頭。

「是唾液……」

「您塗了唾液？」她依舊雙手抱胸，語氣咄咄逼人。

「珉秀的額頭上長了個膿瘡……」

「我的天啊！您竟然往膿瘡上塗唾液？」

雖說是婆婆，她還是瞪圓眼睛頂撞了回去。此前就算再怎麼瞧不起女人，她也沒頂撞過女人。她是不服輸且直言不諱的性格，一直以來都在克制自己這種個性，即使很多事看不順眼，還是告訴自己不能做騎在婆婆頭上、沒禮貌的媳婦。如果女人也不甘示弱地瞪回去，肯定會引發一場婆媳大戰。但女人在開戰前就像一條不戰自敗的蛇，扭過頭避開了她的視線。

若能在此時適可而止最好，她卻不肯善罷甘休。

「您怎麼能在膿瘡上塗唾液呢？」

「塗唾液好得快……」女人抬頭，小聲的辯解。

「唾液細菌那麼多，怎麼能塗在孩子臉上呢？」

「我只是……」女人把孩子緊緊摟在懷裡。

「竟然塗那麼髒的唾液。」

她氣得發抖，彷彿女人塗的不是唾液，而是什麼髒東西。她抓住孩子的手，猛地把孩子從女人懷裡拽過來，抱著孩子走進浴室。她把水龍頭開到最大，在嘩嘩的流水聲中，用香皂幫孩子洗了臉。為了讓女人看清楚，她故意沒有關上浴室的門。

當時女人沒有任何反應，難道是這件事讓女人覺得受辱了？就因為在孩子長膿瘡的額頭上塗唾液，被媳婦嫌棄？那麼髒的唾液，那麼多的細菌……其實人類口腔分泌的唾液，就算髒又能髒到哪去，但唾液這種液體的確會讓人覺得不乾淨……

女人又沒有用唾液塗滿孩子整張臉，只是塗在長膿瘡的地方，稍微制止一下也就明白了。雖然女人不善言辭，也不是不明事理……只是當她看到女人把蘸著唾液的手指伸向孩子額頭的瞬間，她就失控了，認為女人在孩子身上塗很髒的東西。

女人默默看著她幫孩子洗完臉，緩緩起身走到廚房，打開瓦斯爐，為因補眠而錯過早、午飯的她準備飯菜。光是看到女人的誠意，她也該作出讓步，但她沒有。她夾起女人一張張仔細塗好芝麻油、撒上鹽，用小火烤過的海苔，夾起飯送進嘴裡，邊嚼邊說：

「如今市面上有那麼多好的藥膏，您幹麼在孩子臉上塗唾液啊。」

她這窮追不捨的態度是想警告女人，以後不要背著自己在孩子長膿瘡的臉、身上或傷口上塗唾液。

她無從得知孩子額頭上的膿瘡，在塗了女人自以為是靈丹妙藥的唾液後，發生了什麼變化。也許女人的唾液真的產生了治療效果，也可能因唾液裡的細菌變得更嚴重了。她根本無暇確認這些，因為皮膚病不像瘀青或擦傷那麼好確認，而且比起這種小事，她更在意孩子的學前教育。身邊的朋友都在忙著為孩子的學前教育做準備，只有送孩子去幼稚園和美術班的她總是抱有危機感，覺得自己的孩子會落於人後。為了孩子的智力開發，應該學圍棋；每天該為孩子讀一本童書；鋼琴或小提琴，至少得讓孩子學會一種樂器，人生才會豐富多采……每次跟差不多同時間結婚生子的朋友或同事見過面後，她都會感到永無休止的危機感。還沒上小學的孩子就算落後於人，又能落後多少呢？但大家都說，四到七歲會決定孩子的未來啊……所以與學前教育相比，確認膿瘡的變化成了微不足道的小事。

難道是那時受到的羞辱一直讓女人無法釋懷，進而導致罹患了口乾症？

如果只因這一點雞皮蒜毛的小事就罹患口乾症，那全世界大概會有一半以上的人都是口乾症患者了，那自己就會是一天即使服用六顆舒樂津也治不好的慢性口乾症患者了。與自己在購物臺受到的羞辱相比，女人的遭遇簡直是小巫見大巫。就算打來的顧客再怎麼沒教養的髒話連篇、大呼小叫，罵出各種不堪入耳的髒話，或是接到令人作嘔的變態打來，她依然得親切有禮，直到對方先掛斷電話為止。公司對電話銷售員的要求，第一是親切，第二也是親切，第三仍是親切。通話都會錄音，每天打來一百多通匿名電話，根本不知道誰會投訴她態度不佳。

女人要是因為這種小事就罹患口乾症，她會覺得最委屈的人不是女人，而是自己。就因為一句「那麼髒的唾液」……要怪也只能怪女人自己不注意衛生，在孩子長膿瘡的額頭上塗唾液，還被發現。

如果可以，哪怕只有一天，她也很想讓女人去體驗一下接電話的工作。她想讓女人知道，自己之前上班時忍受了多少屈辱，承受多大的壓力，才拚死拚活地買下這間公寓。僅靠丈夫一個人的薪水，根本湊不到只漲不降的全租金。女人為我們做過什麼呢？她又想起新婚時對女人的不滿，隨之內心那一丁點的罪惡感立刻煙消雲散了。

直到結婚前一天，她和丈夫還在為嫁妝的事吵個不停。女人給的錢只能租到半地下的房子，當時遇上了開發新城區的時機，很難找到全租房。她親眼目睹過大姐婚後住在半地下的生活，所以無論如何都要住進在地上的房子。大姐結婚十年了，始終沒能擺脫住在半地下的命運。即便做快遞的姐夫再怎麼任勞任怨工作，生活依舊不見起色。每次從大姐家回來，她就會陷入不安，覺得自己也會墜入那種窮苦潦倒、永無出頭之日的深淵。大姐半地下的家總是晒著孩子的衣服和毛巾，洗衣機在連巴掌大的窗戶也沒有的廁所裡轉個不停，瓦斯爐上掉了漆的鍋裡剩有燒糊的咖哩，孩子吃零食時掉的餅乾渣引來了一群螞蟻。住在這種地方，還要提前擔心幾個月後才來的梅雨季……光是想到這些就讓她不寒而慄了，於是她開誠布公地對女人說，自己不想住半地下的婚房。

幾天後，女人給了她一千萬元，說是跟別人借的，但她並不好奇女人跟誰借的。她認為婚房本來就應該由男方負責，所以一點也不覺得感激。就這樣，加上她在銀行的貸款，最終租到了地上的全租屋。她就像掠奪似的把保管在女人那裡的紅包都要了回來，用那筆錢還了部分貸款。為了還剩餘的貸款，她和丈夫都沒能好好享受新婚生活。蜜月旅行一回來，她就跟女人提錢的事，女人一臉詫異，半晌才反應過來她指的是紅包。見女人這種反應，她還舉了朋友的例子解釋，現在的年輕人都這樣，以及別人的公婆都做了什麼。她覺得自己這樣很正常，因為用五千萬元和用一億元過日子存在著天壤之別。她所認知的正常是像別人一樣不愁吃穿，像別人一樣過日子，即使不能領先於別人，也絕不能落後別人。這就是為什麼她要在東大門買高仿名牌包、在百貨公司特價區購物、把用得好好的手機換成智慧型手機、只喝星巴克咖啡，以及每十天做一次美甲的原因。

想像女人坐在自己專屬的「245」座位接電話的樣子，她噗哧笑了出來。從早到晚，只能勉強擠出一句話的女人能做什麼電話銷售員……

她沒有想到的是，女人的口乾症與孩子的皮膚炎幾乎是在同個時間點開始惡化。就算是巧合，她心裡還是很不舒服，又懷疑起水龍頭和女人的嘴——乾燥的口腔——達成了某種協議。

女人就像要故意激怒心情複雜的她一樣，泰然自若、動作緩慢地擦著地板。

孩子伸長脖子，用力抓個不停，比她手臂還要細的小脖子已被抓得傷痕累累。坐在餐桌前的她不得不起身，再不阻止孩子，脖子就要抓破皮了。她斜眼瞪著沒做錯任何事的女人，走進臥室，取來裝有各種乳液和藥膏的籃子以及毯子。她把毯子鋪在地上，讓孩子躺在上面，只見結有血痂的部位也快被孩子抓出血了。孩子掙扎了一會，很快便像玩偶一樣安靜下來。

孩子身上已經塗了很多藥膏，但她還是忍不住一直塗。如果不這樣，孩子會抓得更兇。她覺得多虧了自己勤快地給孩子塗這些東西，才沒有讓病情惡化。她百思不得其解，為什麼自己的孩子會變成連喝口牛奶都會全身長麻疹的過敏體質。

她停下正要打開藥膏蓋的手，戴上衛生手套。因為擔心自己手上的細菌會感染傷口，所以每次幫孩子塗藥膏或乳液時，她都會戴上手套。只有戴著手套才能安心撫摸孩子的現實，讓她感到很委屈、難過，她已經不記得上一次盡情撫摸自己十月懷胎生下的孩子是什麼時候了。手上套著這種只有在切泡菜或拌小菜時才需要的衛生手套，根本沒有觸摸孩子肌膚的觸感。當初因為工作繁忙，她沒有時間好好抱過孩子，而且被女人一手帶大的孩子會怕生，直到兩歲前都不肯讓她抱。

她停下在孩子脖子上塗藥膏的手，視線下意識看向孩子長滿膿瘡的小額頭。那次看到女人往孩子額頭上塗唾液後，膿瘡似乎就擴散了，不僅長滿孩子只有半個巴掌大的額頭，甚至擴散到了全身。女人的唾液……塗了唾液的膿瘡像會繁殖似的擴散開來，使得孩子的身體變成這副模樣。

難道……

她看向女人。

難道女人趁自己不在家時，又往孩子身上塗唾液了？女人只是唾液變乾，比一般人分泌的量少，並沒有徹底不分泌。分布在舌下、頷下和耳下的唾液腺還是有分泌極少量的唾液。

她想帶孩子去附近的澡堂洗澡，但孩子已經不小了，不能再帶進女澡堂，而且更讓她難以忍受的是旁人的目光，很多人都會像在看傳染性很強的病毒一樣看孩子。

她突然很好奇，女人看到自己戴著衛生手套幫孩子塗藥會作何感想？不用想也知道，連拌小菜和處理活魚都不戴衛生手套的女人，一定看不慣這種行為。其實她也不喜歡用衛生手套，很討厭塑膠特有的滑溜質感和沙沙作響的聲音。戴手套撫摸孩子的感覺和赤手是不同的，根本感受不到皮膚接觸時的愛與溫暖。但這種比紙還薄的衛生手套擁有驚人的威力，無論她怎麼擦拭孩子身上像鼻涕一樣冒出的膿水，都不會沾到自己手上。可見「衛生」兩個字不是平白無故加上去的。

「我是怕細菌感染，怕手上的細菌傳染給珉秀。」

「……」

「您以為這種衛生手套是戴安心的嗎？」

「……」

「您有在用乾洗手吧？」

孩子的皮膚病加重後，她買給女人一瓶強力抗菌的乾洗手，叮囑女人在摸孩子和抱孩子前，一定要用乾洗手消毒雙手。乾洗手不用水洗，只要在手上滴幾滴，搓一搓，就會伴隨酒精味揮發掉。

「沒空乾……」

「嗯？」

「沒空乾……」

「您說什麼？」

「水……都沒空乾……」

停水已經兩個小時了，說什麼水沒空乾？女人又開始胡言亂語，她又氣又好奇，女人到底在講什麼。

「手上的水都沒空乾……」

她這才聽懂，女人的意思是整天忙著做家事，手一直都是濕的。她心生厭惡地猜想，女人這是在藉機抱怨嗎？

「我不是跟您說了，用水洗手反而會增加細菌。您該不會用拿抹布的手直接去摸珉秀了吧？」她邊說，邊故意用戴著衛生手套的手摩擦出沙沙聲。「我不是告訴過您，用香皂洗手只能去除百分之七十的細菌。兩個小時後，細菌就會以一百倍的速度恢復原來的狀態……」

「……」

「您到底有沒有在用乾洗手啊？」

「用了，但是……」

「但是什麼？」

「用了以後……」

「用了以後怎樣？」

「手好像消失了……」

她看到抹布被女人握得更緊了。

「手消失了？」

「就像蒸發掉似的……」

女人抬起頭，看向握著抹布的手，就像在擔心自己的手會蒸發掉。女人緊緊攥著手中的抹布，害怕手指一根根消失後，最後只剩下抹布……是因為唾液變乾，所以產生了錯覺，害怕身體的其他部位也會隨之消失嗎？她可以理解手像蒸發掉的感覺。具備百分之九十九殺菌效果的乾洗手帶有很強的揮發性，滴在手上揉搓的瞬間就會變成氣體揮發掉，的確會有種手蒸發掉的錯覺。但是經常使用不只可以殺菌，還會覺得很清爽。她使用乾洗手上癮後，就算用香皂洗過手，也還是會滴幾滴乾洗手，十指交叉揉搓一番。在觸碰孩子的身體前，她一定會用乾洗手消毒，再戴上衛生手套，才能徹底安心。

女人只會做家事，壓根沒有衛生觀念。當她意識到這一點時，不禁驚訝於自己竟然把不滿百天的孩子托付給女人。天知道女人是怎麼照顧孩子的，而且女人是孩子的親奶奶，孩子的身體流淌著女人的血，女人的基因也在不知不覺中影響著孩子，也許正是因為這些教人不舒服且無法改變的事實，她才沒有產生過疑慮吧。

「要是因為您，珉秀的皮膚病變嚴重了，您能負責嗎？」

「負責……？」

「嗯，負責。」

「這話說得真可怕……」

「所以我才要您用乾洗手啊。」

「負責……」

「我的意思是……」

「妳想要我負責什麼？」女人嘆了口氣。

「我不是要您現在負責。」

「我要負責什麼……」

「我不是這個意思。」

怎麼就聽不懂人話呢？她也嘆了口氣。

「嗯……」

她又開始懷疑女人的口乾症與孩子的皮膚病有關，因為隨著女人的口乾症愈發嚴重，孩子的情況也開始惡化。

「就算再麻煩，跟珉秀接觸前，一定要用乾洗手。」

「我都不知道多久沒摸過珉秀的臉了……」

她假裝沒聽見女人夾帶抗議的呢喃。仔細想來，第三次檢查後，女人對孩子的態度的確發生了變化。她隱約覺得女人在與孩子保持距離。女人張開手想抱孩子時，看到她盯著自己，就會像加熱的魷魚腿快速捲曲那樣立刻收回手。每當孩子靠近，女人都會環顧四周，像是在確認她在不在。女人不會無情地推開撲過來的孩子，但也不像從前那樣撫摸孩子了。有時女人抱著孩子，一看到她出現就會立刻放下。幾次目睹到女人的這種改變後，她不禁心生質疑，女人存在的理由、意義和價值，難道不是都在孩子身上嗎？女人搬來也是因為孩子，除了孩子，女人還能在自己身上找到什麼價值？她覺得女人也明白，自己之所以能得到媳婦所謂的照顧，也是因為孩子。

難道女人瞞著自己，亂摸了孩子的臉？難道女人用拿過抹布的手，像揉麵團那樣搓揉過孩子長滿膿瘡的臉？

女人和孩子單獨待在客房時總是關著門，這種習慣也啟人疑竇。女人關上門後對孩子做了什麼，她根本無從得知。

大概是四天前的事了。

吃過午飯後，一直待在客廳的女人和孩子拿著童書走進客房，最近熱衷於點閱熱搜排行榜新聞的她不以為意地繼續滑著網友的留言。房門輕輕關上時，她正忙著搜尋熱搜第一名的女明星私生活新聞，又不厭其煩地點進購物網站瀏覽了一遍根本不會買的包包、衣服和鞋子。其間，客房的門一直關著。在電腦前坐膩了以後，她這才注意到客房的門一直緊閉著。她突然很好奇，女人和孩子在房間裡做什麼。好奇心難耐的她躡手躡腳地朝客房走去，握住房門的圓把，像在對保險櫃的密碼鎖一樣，小心翼翼地打開如同混凝土牆壁般堅固的房門，心跳加速地看向裡面。雖然是白天，但拉起的紫色窗簾讓房間看起來有如遠古的黑暗洞穴。在這個彷彿時間靜止、鴉雀無聲的房間裡，女人正摟著孩子午睡。女人好似穿越了數百年，即使暴露在陽光與空氣中，仍沒有被人類發現、安靜沉睡的木乃伊……突然，她想起吃午飯時，女人沒頭沒腦地提起木乃伊的事。緊握門把的她打了個寒顫，肩膀瑟瑟發抖。

「據說發現了四百三十年前的木乃伊，還是一對母子……是分娩時死去的產婦和嬰兒的木乃伊……」女人一邊用烤海苔捲了些飯送進孩子嘴裡，一邊喃喃自語。

對木乃伊不感興趣的她直接假裝沒聽見女人的話。但看到眼前像在遠古洞穴裡沉睡的女人和孩子，她不禁想像起那對母子木乃伊，甚至覺得女人和孩子就是那對四百三十年前的木乃伊。她很想叫醒女人和孩子，但她沒有，她害怕擅自叫醒他們會受到某種超自然的懲罰。她勉強控制住顫抖的手，輕輕關上房門。在女人打開房門走出來前，她焦慮地啜著咖啡等待，咖啡刺激得胃隱隱作痛。四十分鐘後，女人醒了，走了出來。

「珉秀呢？」守在房門口的她立刻追問。

女人連看都沒看她一眼，低低地說：「睡得很熟……」

「還在睡？」

「嗯……睡得太熟，很難叫醒……」女人整理著蓬亂的頭髮，朝廚房走去。

「白天睡太久，晚上就睡不著了。」

她希望女人進去叫醒孩子，但女人沒有照做。

「我想叫醒他，但睡得太熟……」

女人從木桶取出米，開始淘洗。她莫名有種感覺，剛才走進房間時，女人其實是醒著的，女人閉著雙眼聽到了開門聲，知道她在黑暗中看到相擁的兩人時，聯想到了那對四百三十年前的母子木乃伊，感受到她內心的恐懼和緊握門把顫抖的手。

唾液心理學

「不知道有沒有效……」

她幫孩子擦完藥，又細心地在孩子身上塗韓方乳液時，女人在旁嘀咕了一句。

那瓶有助受損肌膚再生的乳液不僅價格昂貴，還是未在市面上流通、只能在江南區知名韓醫院購買的護膚品。因開發減肥藥而遠近弛名的這間醫院，也很擅長治療小兒皮膚病。乍聽之下，不免懷疑減肥與小兒皮膚病有什麼關係，但正因為醫院有實力開發減肥藥，搏得了人們的信賴。總之，每當她往孩子身上塗抹這種以紅蔘、當歸等三十二種有機藥材特製而成的乳液時，都會虔誠地期盼孩子的皮膚快點好起來。女人卻在一旁掃興地說什麼不知道有沒有效……為了治療孩子的皮膚病，她不斷購買各種藥膏和乳液，女人卻冷眼旁觀。難道女人一直在觀察每次更換藥膏和乳液後的效果？

「不知道有沒有效？」

她覺得這件事不能就這麼不了了之，即使不去計較藥膏和乳液，她也想追問女人為什麼如此不在乎孩子的病情。女人不可能不知道孩子的皮膚病有多嚴重，從小就對孩子呵護有加的女人，面對孩子日漸嚴重的皮膚始終不聞不問。女人怎麼可能看不到孩子全身破皮而出的膿瘡，以及像膠水那樣流出的黃膿呢？

「效果……」

「您怎麼知道沒有效？」

「不是……之前用的乳液好像也沒有什麼效……」女人近似辯解地小聲說道。

「您知道這瓶乳液多少錢嗎？怎麼能跟之前那瓶比。而且誰說之前用的乳液沒有效？」

「我覺得……」

「您不懂就不要亂講。」

「……」

「您上網看看，很多人都說這個乳液效果很好。」她明知女人不會用電腦，卻咄咄逼人。

女人應該也知道什麼是網路。有別於同輩人，女人就算不看電視劇，也會準時收看九點新聞。每天九點整，女人都會坐在電視機前，一邊疊晒乾的毛巾和衣服，一邊聽主播報新聞。整日待在家中的女人，或許是想透過新聞了解外面的世界吧。看到女人認真聆聽與自己無關的世界大事，她就感到滑稽可笑。九點的新聞多半是女人知道了也沒用、不知道也不會影響生活的內容。有時也有女人最好不要知道的內容，像是父親告兒子、要求精神賠償的新聞。有個父親賣掉房產送兒子赴美留學，無論在物質還是精神上都給兒子很大的幫助。沒想到兒子成家後卻對父親不聞不問，逢年過節也不回家了。父親一怒之下將兒子告上法院。當她從新聞得知，所謂精神賠償不僅適用於離婚的夫妻，也適用於父母子女時，不禁大吃一驚。她覺得震驚又心虛，於是趕快換了頻道。她很好奇女人看到這種新聞作何感想，但又覺得沒必要知道。

大選期間，從早到晚都是跟選舉有關的新聞，女人認真地觀看九點新聞。沒有人知道女人看到那些總統候選人時，心裡在想什麼，或是打算把票投給誰。女人只是默默觀察著幾位候選人的言行，從不做任何評價，就連哪個人不配當總統、選誰還不都一樣的評論也沒有。鬧哄哄的選戰過去後，終於來到大選之日。女人吃過早餐、洗完碗，走回自己房間換了件樸素的襯衫和一條裙子。穿著肉色絲襪的女人，手裡還提了一個黑色包包。女人這身打扮就跟最初搬來時一模一樣。

「您要去哪？」像口香糖一樣黏在沙發上看電視的丈夫問女人。

凌晨帶著一身酒氣回家的丈夫認為天下烏鴉一般黑，無論選誰都難以改變烏煙瘴氣的亂局，所以他以宿醉頭痛為由，決定不去投票。

「今天不是投票日嗎？」女人經過沙發，朝玄關走去。

「您要去投票？」丈夫像鱉一樣伸長脖子，望向門口問道。

女人沒回應，可能是覺得這種問題不值得回答。

「您打算投給誰啊？」

「……」

「嗯?您要投給誰?」丈夫提高了音量。

「你管我投給誰……」女人無奈之下回了一句。

女人打開鞋櫃，在塞得滿滿的鞋櫃裡尋找自己的平底鞋。女人的平底鞋在鞋櫃最下面那層，而且被她的厚跟黑皮鞋壓在下面。那雙深褐色、點綴著玉米鬚的合成皮平底鞋是女人唯一一雙鞋。鞋櫃裡的鞋太多了，所以女人的鞋一直被壓在她、丈夫的和孩子的鞋下面。

「您知道有幾個候選人嗎?」

「……」

「您可不要亂投!既然去了，就投給二號，二號!」

女人無視兒子的話，冷淡地開門走了。雖然丈夫一再追問投完票回來的女人投給誰，但女人就是不告訴他。再三囑咐女人不要亂投的丈夫，最終沒有去投票。到了開票時間，丈夫吃著炸雞配啤酒，等待開票結果。丈夫咯吱咯吱地咀嚼著和炸雞一起送來的醃蘿蔔，又問了一遍女人投給誰，女人始終沒有開口。

難道女人堅信自己口腔裡的唾液可以治百病嗎?就算對自己漸漸變乾的唾液束手無策，還是覺得它是世上獨一無二的靈丹妙藥，可以治療孩子身上的膿瘡、傷口和疤痕?女人有幫孩子塗過藥膏或乳液嗎?甘願為孩子做任何事的女人從未幫孩子塗過一次藥。她以為女人是不想浪費兒子辛苦賺來的錢，現在看來似乎也不是。

為了刺激女人，她故意在衛生手套上擠了很多乳液。

「您知道人的唾液有多少細菌嗎？每天都看九點新聞一定清楚吧。上週六的新聞不是報了，人類的口腔比廁所的洗臉盆和馬桶的細菌還要多，有多達七百種、兩萬隻的細菌存活在人類的口腔中！人類的口腔裡有那麼多細菌，更何況是唾液。」

九點新聞裡播出了採訪牙醫的內容時，她和女人一起坐在電視機前，女人不可能裝傻說不知道。

「據說唾液有能止痛的成分……」

「……？」

「人類的唾液裡……」女人分岔的聲音裡隱約夾雜著笑意。

她突然緊張起來，擔心女人又要開始胡言亂語。

「嗎啡……沒錯，止痛效果高出嗎啡的六倍……唾液裡的……」

「誰說的？」

「巴黎的研究員……」

她噗哧笑出來，女人知道巴黎在哪裡嗎？還以為女人也會跟著笑，但女人仍舊一臉嚴肅。

「巴黎的研究員，誰？」

「巴黎的研究員說……從人類的唾液裡可以提取出一種天然止痛劑，是什麼物質……」

女人用詢問的口氣說道，但她對此聞所未聞。

「從人類的唾液裡提取?提取什麼?」

「Opi……Opiorphin……沒錯，是Opiorphin……Opiorphin……Opiorphin……Opi……」

女人念念有詞，就像在催眠狀態下唸著咒語。女人一定不知道自己分岔的嗓音聽起來多刺耳。

「Opiorphin……」

她突然不寒而慄，反覆唸著這個生疏詞彙的女人就像在詛咒自己。女人無休無止地唸著，任憑聲音分出了千條、萬條岔。

「Opi……?」

「Opiorphin……」女人猛地仰頭看向她，眼中閃過一道如同閃電的光亮。

「Opiorphin……」她下意識地跟著女人唸了一遍。

「Opiorphin……他們要從人類的唾液中提取Opiorphin來開發止痛劑……正在堅持不懈地做實驗……成功的話，就會有跟嗎啡止痛效果一樣的天然止痛劑了……」

「真不明白您到底在說什麼。」

「巴黎的研究員說……在老鼠的前爪注射一克的Opiorphin……與注射三克的嗎啡……效果相同……」

她在腦海裡整理了一遍女人結結巴巴的話。女人的意思是，巴黎的研究員在人類唾液中提取出Opiorphin，注入老鼠前爪後發現，這種天然止痛劑比嗎啡的止痛效果更強。即一克的

Opiorphin具有三克嗎啡的效果。

「唾液……人類的唾液……具有止痛效果。用針刺老鼠的前爪也不會痛……用針刺……不僅不痛……一點反應也沒有……」

「所以呢？」

她本想告訴女人，人類的唾液充滿了細菌，沒想到女人反說起什麼Opiorphin，還解釋人類唾液帶有止痛效果的成分。她覺得女人居心叵測，才沒好氣地反問一句。她不相信女人的話，又覺得以女人的想像力不可能編造出什麼巴黎的研究員、Opiorphin、老鼠的前爪、針……女人的荒謬之談也未免太具體了。

「人類的唾液有……」

「有什麼？」

「有……治療效果……」

她覺得女人凝視自己的眼神，就像是要把自己吸入體內。

「那您不覺得奇怪嗎？既然止痛效果那麼好，怎麼不馬上開發、生產銷售呢？拖那麼久幹麼？」

聽她這麼一問，女人就像讓步似的垂下了頭。怎麼？難道真是編造的故事？女人的態度很奇怪，不僅一聲不吭，眼神也搖擺不定。她氣憤不已，覺得被女人騙了。

這時，女人小聲嘀咕：「因為副作用……」

「副作用？」

她嗤之以鼻，女人竟然能想出副作用這種藉口。

「可能有副作用……所以要詳細調查後……再開發止痛劑銷售……」

「怎麼可能沒有副作用。」她用諷刺的語氣說，就像用針去刺女人的腳趾。

「但是……」

「但是什麼？」她追問，想知道女人的想像力到底有多豐富。

「也可能沒有副作用……」

剛才還說可能有副作用，所以沒開發出止痛劑，現在又說沒有副作用了。

「您不是說可能有副作用，才沒開發出來嗎？」

「話是如此……但也可能沒有副作用……不確定……也可能沒有副作用……」

「是喔？一定是有副作用，才一拖再拖、開發不出來吧。就算治療效果再好，有副作用的話也沒用啊。」

「總之，人類的唾液……」

女人握著抹布的手伸向前，再收回。諷刺的是，唾液分泌量明顯減少、診斷為口乾症的女人，竟然在這大談什麼唾液的特殊效果。這不等於是一無所有的人在炫富嗎？

「不知道巴黎的研究員花了多少心血在研究，真希望他們趕快開發出沒有副作用的止痛劑。從唾液中提取Opiorphin。要是他們真能開發出獨一無二的止痛劑，大量生產的話，我們不就能賣唾液了。」

「妳說……唾液？」女人一臉費解的看著她。

「如果沒有副作用，又能提取出比嗎啡更有止痛效果的成分，總有一天可以開發出止痛劑吧？到時候，我們不就能靠賣唾液過日子了。」

「賣唾液……過日子……」女人搖搖頭，似乎覺得這是不可能的。

「說不定唾液會比珍珠或金子更昂貴呢。」

她露出得意洋洋的笑容，似乎重拾了一大早被女人荒唐的邏輯擊敗的自尊心。真搞不懂女人幹麼老愛說一些莫名其妙的話來煩人。

「很有趣啊……」

很有趣？這是真心話嗎？

「噤不完、吐不盡的就是唾液，一定會有人做買賣唾液的生意。」

女人冷不防地發問：「如果是妳，會怎麼做？」

「我？」她一時驚慌，彷彿被擊中要害。

「嗯……如果是妳……」

「要看情況……」她吞吞吐吐，沒有把話講完。

「看情況？」女人有別於以往，固執地追問起來。

剛才的得意洋洋瞬間消失得無影無蹤，她覺得掉進了女人的圈套，開始忐忑不安。

「如果可以的話，我也能賣唾液吧。」

她希望這個話題到此結束，但又想恢復被揉搓得像縐巴巴的口香糖包裝紙的自尊心。收到解雇通知當天，她的自尊心就跌入了谷底，她不想讓女人以為自己能在她的傷口上撒鹽。

「為了珉秀，賣點唾液有什麼關係。」

「是喔……」

女人用沒有語調、分岔的聲音小聲回應，她卻覺得女人在嘲笑自己。誰知道呢，也許女人早就在心裡嘲笑自己了，天知道女人心裡在想什麼……就盡情地嘲笑吧。

「珉秀得用功讀書，以後送他去美國或英國留學。如果條件不允許，就算賣唾液也要送他去啊！父母為了孩子，連點唾液都不能賣嗎？」

她的語氣充滿了不滿。因為她覺得丈夫之所以畢業於地方的三流大學，輾轉於中小企業，都怪女人照顧不佳。如果女人有幫唸國中、高中的丈夫請家教，丈夫肯定能考上首爾的大學。聽到丈夫說他從未請過英語家教時，她不禁懷疑女人到底為兒子做過些什麼？即使她明知道丈夫直到大學畢業的學費和住宿費都是女人靠當保母賺來的，也知道女人獨自維持家計，卻沒有一點尊敬之心。

「就算不出國留學，如果能靠賣唾液賺的錢送珉秀去英語幼稚園也好。從小學英語很重要的，而且現在的孩子都至少精通一門樂器，珉秀也得學鋼琴或小提琴……要學的何止這些啊，珉秀爸爸賺得那點薪水，學什麼都不夠。現在的社會，講話要有邏輯才能不被人欺負，所以還得讓珉秀去學論述……」

「那就讓他好好學吧……」

女人已經毫不掩飾地嘲笑她了？難道女人是想趁停水，徹底激怒她嗎？莫非女人是想把這些年來受到的蔑視和羞辱一次都還給她？但最先挑起這場口水戰的人不是女人，而是她。剛才是，現在也是。

「現在的世道，早就和您當年撫養珉秀爸爸不一樣了。」

「不一樣嗎？」

「早就發生天翻地覆的變化了。」

「妳只注意到變化，才會覺得不一樣……沒留意到沒變的……」

「沒變的？」

「沒變的……」

「您指的是什麼？」

「是啊……是什麼呢……」

無論世界怎麼變化，還是會有不變的、絕對不會改變的、永遠不變的？她才不想思考這種無聊的問題。

「難道您不知道孩子的一生取決於父母付出多少嗎？」

「付出多少……？」

根本是在明知故問。

她強忍怒火，故作平靜地說：「住四十坪公寓的人生，和住十八坪公寓的人生會一樣嗎？」

話一出口，她不禁感慨萬千，不要說十八坪的公寓了，自己現在住的地方是出了地鐵站還要搭小巴才能到的郊區舊公寓。

「能有多不一樣……」女人的嗓音又分岔了。

「多不一樣？」

「是啊，能有多不一樣……」

女人的聲音分岔分得很厲害，她甚至產生了想數一數到底分了多少岔的衝動。

「當然是天壤之別啊。」

「天壤之別……」

女人聲音分岔的嚴重程度已經讓她產生錯覺，好像有好幾個人同時在發問。

「嗯，天壤之別……」她也莫名失去了底氣，沮喪地嘟囔了一句。

「天壤之別，這話真荒謬，我都要笑出來了……」

「什麼？」

「竟然把天壤之別用在這裡……」女人搖了搖頭。

「竟然？在這個學歷、財富、社會地位都代代相傳的社會，天壤之別不用在這裡，要用在哪裡？成功的人生就是唸名門大學，進入夢寐以求的大公司，或找到一份人人稱羨的工作，住在好公寓、開進口車，休假時全家可以出國旅遊。這不就是成功的人生嗎？」

「我等著看……看妳什麼時候能等來那一天……」

「等來那一天？」

「對，用妳賣唾液賺的錢送珉秀去美國……去英國留學……的那天……」

「媽！」

「珉秀會知道嗎……知道父母為了自己，用賣唾液賺的錢送自己出國留學嗎……」

「怎麼會不知道呢？不知道的話，還是人……」

她心裡一驚，沒有把話講完。她怎麼也沒有想到自己一直瞧不起的女人，竟然能讓自己啞口無言，甚至徹底看穿了自己。女人又嘟囔了幾句，但聲音嚴重分岔，最後成為一盤散砂，所以什麼也沒聽清。

即使等不到靠賣唾液賺錢的那一天，對女人而言，唾液已如珍珠或金子般珍貴了。女人的口腔很難再分泌出可以隨便吞嚥、吐出的唾液，為了能讓女人分泌唾液，都投資多少錢了？為了能分泌出零點零零一毫升的唾液，女人每天都服用三顆不再醫保範圍內的舒樂津，也不知道哪天藥量還會從三顆增加至六顆。說不定幾天後的第五次檢查，醫生就會把藥量增加到六顆。即使如此，她也不能哭窮要求醫生減少藥量。

人類的心理真的很奇怪，為自己的孩子花錢就心甘情願，為父母就覺得是在花冤枉錢。更奇怪的是，她覺得這樣的自己很正常。難道人類這種物種天生就這樣嗎？不只人類，但凡所有具有繁殖能力和欲望的物種都是如此，這就是動物世界。我們會看到為幼崽覓食、捕獵的動物，卻從沒見過照顧年邁體弱的父母的動物。待幼崽長到可以自己覓食時，就會毫無眷戀地離開母親的懷抱。

「聽說美國……還做了老鼠唾液腺的研究……」

這話題還沒結束？

「從動物用舌頭互舔傷口……的行為中……受到啟發……老鼠的唾液腺……」女人用分岔的聲音說道。整理一下女人的話就是，把老鼠下顎線的萃取物注入幼鼠體內。觀察後發現，接受注射的幼鼠比沒有接受注射的幼鼠更快睜開眼睛，更快長出牙齒。

「下顎線的萃取物會是什麼？」

「……？」

「肯定是唾液啊……下顎線分泌的唾液……唾液……」

她希望關於唾液的話題到此為止，女人卻沒有這個意思。女人又開始講已經利用芋螺的唾液成分開發止痛劑。人類的唾液還不夠，還要扯上老鼠的，現在又跑出來什麼芋螺。

「那種外殼像海螺的芋螺……在覓食時……跟針一樣的齒舌會噴出唾液……利用唾液中萃取出的芋螺毒素……開發出可以服用的……超強效止痛劑……」

聽到這裡，她突然很好奇，女人是從何而知像Opiorphin和芋螺毒素這種專業的醫學用語和知識的？如果不是從事醫療或製藥行業的人，很難知道這些消息，九點新聞也不可能播這種過於專業詳細的內容。她甚至沒想到女人這麼關心唾液的事，以及自己對這些資訊竟然一無所知。她一直以為女人對束手無策的口乾症毫不在意，而且缺乏意志力，也沒有為多分泌零點零零一毫升的唾液付出努力。原來女人非常關心唾液的事，還對利用唾液成分做的各種研究瞭如指掌。

「您怎麼知道得這麼多？」

「……」

「老鼠唾液腺的研究、芋螺毒素……這些事，您都是從哪聽來的？」

「在雜誌上看到的……」

「雜誌？」

「醫院候診間的雜誌……」

她這才想起女人在大學醫院口腔科的候診間翻看雜誌的樣子。說到雜誌，她只知道那些關於時尚、生活，以及爆料明星私生活的八卦雜誌。女人把雜誌攤開放在腿上，視線固定在雜誌上，聚精會神地閱讀著，連護理師喚她的名字也沒聽見。她以為女人看雜誌是出於無聊，或是為了在吵雜的地方尋求一些心理上的安定。候診間人滿為患，還連通著繳費櫃檯，患者和家屬走來走去。她瞥了一眼看雜誌的女人，心想又看不懂，在那亂翻什麼啊。看來自己又錯了。現在想來，女人的視線固定在一張芋螺照片上時，她還斜眼瞄了一下。當時還很納悶，怎麼會有一張芋螺的照片。

因為口乾症的女人，自己被動地知道了這些唾液的事，讓她感到頭皮發麻。可能很多人一輩子都不會知道，人類一天分泌的唾液量在一到一點五公升。因為女人，她知道了這些即使不知道也不會給生活帶來任何不便的資訊。現在每當看到一點五公升的寶特瓶，她就會在心裡嘀咕，人類一天會分泌出那麼多唾液。女人還告訴她，唾液腺會從血管中流動的血液提取必要的成分，即時轉換成唾液。

她後知後覺地發現原來針對唾液的研究已經這麼多了，不由得十分震驚。雖然還沒開發出人工唾液，但世界各地都在持續進行研究，而且針對唾液的研究這麼多樣化，說不定哪裡已經開發出人工唾液了。也許可以利用與人類相似的動物唾液，比如猴子、豬、山羊或牛，開發出可以注入人類口腔的唾液。唾液不像血液，需要分血型那麼複雜，也無需透過血管輸送至心臟和大腦，應該很容易開發吧。

「這麼看來，動物用舌頭互舔傷口的行為……」

「怎樣？」

「用舌頭舔傷口……塗抹唾液的行為……是一種高等行為……」

「高等？」

「不是低等……是高等……」

女人的意思是，動物之間用舌頭互舔傷口是高等的行為？她非但不認同女人詭異的邏輯和主張，甚至產生反抗心理。她的腦海中又浮現孩子額頭上的膿瘡，以及女人把唾液塗在膿瘡上的畫面。那是她努力想要忘記、骯髒、不安、陰險的行為。

「那照您的邏輯，黑猩猩比人類還高等囉？」

「……」

「雖然黑猩猩在動物中算是高智商的動物，但還是遠遠不及人類啦。」

「黑猩猩還是有比人類高等的地方……螞蟻、魚、蝴蝶和蜜蜂……研究顯示，牠們都有比人類更高等之處……」

「哪裡比人類高等？」她面無表情地直視女人。

「我不是說了……用舌頭互舔傷口的行為……」

「開發治療傷口的藥膏的人類，不是更高等嗎？」

「用能感受甜、苦……還有酸、鹹……能嚐出百味的舌頭……感受撕裂的傷口……以期盼趕快好起來的心，用舌頭去舔……塗藥膏怎麼能比……」

她再也聽不下去了。本想聽聽就算，但一股令人作噁的怒火湧上心頭。

「所以您才那樣做？才把您那麼髒的唾液塗在珉秀額頭的膿瘡上？」

「……」

「舌頭……」

「那您怎麼不直接用舌頭舔呢？」

「是啊，怎麼不用舌頭舔？」

女人慢悠悠地以蹲坐的姿勢轉頭看向孩子，那眼神就像盯準獵物的野獸，充滿危險。

「還有用唾液標記領地的動物……」

「領地？」

「用唾液……」

不是大小便，而是用唾液，這也太可笑了。但似乎也是有可能的。唾液也帶有固有的氣味，濃度和黏度也不同。

難道……

女人在孩子的額頭塗唾液，是為了標記孫子是自己的所有物？不是單純地往孩子的膿瘡上塗唾液，而是為了把孩子標記成自己的領地，膿瘡只是一個藉口？

「您的病情那麼嚴重，要是唾液徹底變乾怎麼辦？」

「……？」

「我是說，萬一徹底變乾怎麼辦？」

女人的唾液分泌量已經減少到正常值的十分之一，不可能立刻恢復正常值，但也不至於徹底變乾。此時此刻，她希望女人口腔裡的唾液徹底變乾。不僅舌下腺和耳下腺，就連顎下腺也不再分泌零點零零一毫升的唾液。

「只要能分泌唾液……」

女人分岔的聲音散得像沙，但每個字還是清清楚楚地灌進她的耳中。

「能分泌唾液以後，您打算做什麼？」

「只要能分泌唾液……」

她感受到女人有多麼迫切地希望自己的病情好轉。女人總是裝傻，但有時她也覺得把什麼事都藏在心裡的女人很了不起。假如病情有了起色，女人一定會像捕獵一樣把孩子攬入懷中，用因乾燥而隱隱作痛的舌頭狂舔孩子的額頭和脖子。幸好女人的唾液在變乾。想到女人的病情越來越嚴重，唾液分泌量已經減少到正常值的十分之一，她鬆了一口氣。

「沒想到您那麼希望病情好轉啊。」

令她安心的是，就算女人再怎麼期盼，都不可能立刻分泌出唾液。

「為了我們珉秀，也要……」

「珉秀？」

「為了我們珉秀……」

她一時激動，正要追問下去，但女人突然脖子一傾，乾嘔起來。

「您怎麼了？」

「舌頭……」

「舌頭？」

「舌頭……好像快要裂成兩半……」

難道是口腔過於乾燥，出現了裂紋舌？那是舌背上出現裂痕，因口乾症引發炎症，屬於口腔炎症中的一種。舌頭又不是牆，怎麼可能裂開……她突然覺得女人口中的可能不是單純的舌頭，而是一堵牆。女人忍痛道出的每一句話，就是那面「牆」裂開時發出的悲鳴。

「不是兩半，是三半。」

太恐怖了。她湧上一股衝動，很想看看女人的口腔，看看女人的舌頭是否真的裂開了。

「舌頭……」

女人發出嘆息的瞬間，她產生了自己的舌頭也裂開的錯覺。

雖然沒看過女人的口腔，但她意外地見過女人的舌頭。做第三次檢查時，醫生一邊記錄數值，一邊說唾液分泌量又比上次少了。突然，醫生對女人說：

「請伸一下舌頭。」

面對如此簡單的要求，女人卻像蛤蜊一樣，固執地緊閉著嘴。

「請伸一下舌頭。」

女人一臉聽不懂的表情，仰頭看向她。

「醫生是想檢查一下您的舌頭。」

即使聽了她的說明，女人也沒有張開緊閉的嘴。

「伸一下就好，不用怕，只是檢查一下……啊——請張嘴。」

在醫生勸說下，女人才勉強張開了嘴，慢慢吐出半截手指長的舌頭。醫生抽出一張紗布，用紗布揪住女人的舌尖拉了一下，女人的舌頭瞬間毫無防備地被抽了出來。

「我看看。」

醫生打開醫用筆型手電筒，搜索般地照向女人的舌頭。女人的舌頭就像被捕食者咬住後頸的草食動物，瑟瑟發抖。她可以感受到女人在拚命掙扎，希望醫生趕快放手，但醫生的拇指與食指就像捕食者無情的爪牙般死咬著不放。

「口腔炎很嚴重啊。」

醫生的話音剛落，她便下意識地看了一眼女人的舌頭。只見女人的舌頭上長滿凹凸不平、紅紅的小疙瘩，還可以看到兩三塊如同火山口般的潰瘍。

醫生解釋，口腔炎是唾液分泌量減少後很常見的一種疾病。唾液在口腔內有殺菌作用，口腔內出現的小傷口之所以能很快癒合，正是因為唾液中含有名為溶體（lysosome）的殺菌酵素，可以消滅侵入口腔的細菌。醫生沒有看女人，而是看著她解釋了一番，其間也沒有鬆開女人的舌頭。

「為了預防炎症加重，需要充分補充維他命C。盡可能多吃些蔬菜和水果，也可以服用維他命C含量高的保健品。」

醫生一鬆開手，女人立刻縮回舌頭，兩瓣乾到脫皮的嘴唇好似水閘又緊緊地關上了。

女人不顧醫生的叮囑，非但沒有吃蔬菜水果，也沒有服用維他命C。可想而知，女人的口腔炎症更嚴重了。

「舌頭是怎麼裂的？」她雖然覺得可怕，但還是問了一句。

「嚓嚓……被撕開了……」

「您也太誇張了吧。」

「我哪有誇張……」

也許很久以前，女人的唾液就開始變乾了。不是一年前，而是三年前，或是更久以前。女人的唾液就像水坑裡的水，一點一點、慢慢地蒸發掉，連女人自己也沒有察覺，結果最後嚴重到連飯也難以下嚥的地步。第一次檢查時，唾液分泌量就已經減少到正常值的六分之一。只有一些手術的副作用才可能導致唾液分泌量一夜之間大幅度減少，但女人的症狀已經持續這麼久了，到底是什麼原因呢？

她猜測可能很多口乾症患者都到了米粒黏在舌頭或上顎的地步時，才察覺到自己的唾液在變乾吧。

女人起身走向餐桌，然後像爬進洞穴一樣俯身鑽到餐桌下面，又擦起了地板。女人撅起的屁股像一輪滿月掛在桌腳之間，她看著女人晃動的屁股，希望那張餐桌不是吃飯的地方，而是洞穴，然後鑽進洞穴的女人在裡面冬眠……

她用棉花棒蘸了些藥膏，塗在孩子的眼皮上。因為長滿乾癬，雙眼皮都沒了，眼眶周圍也起滿了如白霧般的白皮屑，失去焦距、晃來晃去的小瞳孔，看起來就像浮在水面上、尚未孵化的蛙卵和魚卵。她小心翼翼，怕藥膏跑進孩子的眼睛裡。說明書詳細寫道，這種以天然香草為原料製作的藥膏，只適用於皮膚，勿用於眼睛。

鏡子的目的

再這樣下去，這一整天水龍頭都不會滴出一滴水了吧。都中午了，還是沒有水，午餐只能叫速食或中餐廳外送了。早上只喝了一杯即溶咖啡的她，現在也餓了。叫一次外送倒還好，但她有一種不祥的預感：停水可能比預想的還要久。沒水怎麼過日子啊！沒有水，要喝什麼，怎麼盥洗，怎麼沖馬桶……

她很好奇同棟其他住戶的狀況，但鄰居平時互不往來，家家大門緊鎖，根本無從得知停水後，大家都經歷著怎樣的不便。她懷疑是不是只有自己家停水，因為停水已經兩個小時了，整棟樓卻鴉雀無聲，真奇怪。但這不可能啊，整棟樓算上半地下，一共住了十戶，如果她家三〇二停水，其他幾戶也應該停水。

雖然不確定，但她覺得應該是附近這一區都停水，不是只有自己住的這棟樓。如果只有這棟樓停水，那住五〇二的男人一定早就請人來維修了。她認識五〇二的男人，他很愛管閒事，常惹事生非，之前還因為停車問題跟丈夫大吵了一架。她好幾次看到五〇二的男人穿著寬大短褲，在巷子裡遊手好閒地晃來晃去，活像個無業游民。男人的嗓門還特別大，在五樓講電話的聲音都能傳到她家。前年冬天寒流來襲，屋頂水管爆裂，五〇二的男人挨家挨戶半強迫的收了維修費，然後找來自己認識的維修公司修理了水管。她不相信那個男人，總覺得花了一筆冤枉錢，越想越氣，最後把氣都發洩在無辜的女人身上。

「要換新水管……週六下午會請人來修……修理期間得關上水表，所以會停水……」

修理水管當天，她白天剛好要上班，接了一天電話下班回來後，水管已經修好了。疲憊不堪的她根本沒問女人修水管的事。

到底有多少戶停水呢？一般停水都是大範圍的，據她了解最大範圍的一次是五萬戶。那次她家不在停水範圍內，當五萬戶人家停水時，她隨心所欲地使用著自來水。

因為不知何時水才會來，她坐立難安，又不知道該打去哪裡問。是要問區廳還是自來水公司？家裡的瓦斯費、電費、水費等各種通知單都是由女人管理，每個月要繳的費用會定期從她的帳戶扣除，她都是透過存摺確認每個月的水費。不過平時就算繳水費的通知單放在餐桌或鞋櫃上，她也不會拿起來看一眼。

女人應該知道要打去哪裡問吧。

「得打電話問問水什麼時候來。」

剛才還像青蛙一樣滑稽地劈開雙腿，趴在餐桌下擦地的女人，這時已經移動到洗碗槽前。又不是大掃除的日子，況且現在還停水，真不懂女人擦什麼地。女人不是說自己的舌頭分成兩半了嗎？

「打電話問區廳，他們會知道嗎？」

她剛才沒想到要打電話，因為覺得等一、兩個小時水就會來，也認為女人應該事先知道會停水。明知會停水卻沒接水，很明顯女人是在跟自己較勁。無論怎麼看，女人的泰然自若都很奇怪。就算女人再遲鈍，也不可能紋風不動到這種程度。面對這樣的女人，她怎麼能不心生懷疑，認為水龍頭和女人的嘴巴達成了某種協議呢？餐桌上擺著美味可口的辣燉鮟鱇魚，女人不是也像示威似的只吃水泡飯嗎？假如兒子沒有追問，女人也只會沉默不語。一種不祥的預感湧上了心頭……

「打電話問區廳，他們會知道水什麼時候來嗎？」

「嗯……打電話問，水就會來嗎……」

女人搖搖頭，似乎覺得做什麼都是徒勞。這是什麼態度？女人的樣子彷彿在期盼永遠停水一樣，她努力壓抑的煩躁情緒再次翻湧。話說回來，家裡停水，最為難的不正是女人嗎？就像會深受口乾症折磨的，不是診斷女人罹患口乾症的醫生、不是哀求女人吐唾液的護理師、不是勸女人多喝水的兒子、更不是身為媳婦的她，而是女人自己。雖然她也覺得不便，但她可以立刻帶兒子去汗蒸幕，就算旁人都對孩子投來異樣目光，她也可以置之不理。想到一邊喝著汗蒸幕賣的冰咖啡或甜米露，一邊吃著麥飯石烤雞蛋，彷彿因女人而生的壓力也得到了緩解。

「總得搞清楚為什麼停水吧？」

「就算打電話問，水也……」

「知道原因就不用這麼煩了啊！」怒火中燒的她頂撞了女人一句。

「我只是覺得……問了也……」女人好似用鹽水泡過的白菜一樣，有氣無力地垂下頭。

她暗自提醒自己，女人這是在裝模作樣，不能再上當了。這五年來，她已經受夠了。只有這樣想，她才不會有欺負如牛般任勞任怨的婆婆的罪惡感，更不會覺得自己是一個沒教養的媳婦。她也認為女人之所以飽受子女各種蔑視與羞辱，都是因為女人這種自取其辱的態度。

「知道為什麼停水，就不會這麼心煩了啊。」

「是喔……」

女人只是嘴上這樣講，就算家裡一整天都沒有水，一定也是那一臉無所謂的表情。無論如何，她都要打去區廳。

女人斜眼見她拿起家裡的電話，問道：「不然……我打電話問問？」

「好啊，那您打吧。」

「嗯……我來打……」

女人輕輕垂下眼簾，理順頭髮，直起身來，接著扶住餐桌椅子的椅背站起來。女人楞在原地一會，才走向客房。

「您不是說要打電話嗎？」

「進屋打……」

「您要打去哪？區廳嗎？」

房門無聲無息地關上了，她的問題被拒於門外。回想起來，她從沒見過女人在自己面前講過電話。女人現在用的手機是她送的，搬家前，女人連人人必備的手機都沒有。沒有手機，生活多不方便啊！但住在一起後，她才發現感到不便的人不是女人，而是自己。因為女人沒有手機，她想知道孩子在家乖不乖或突然要加班時，就只能打家裡的座機電話。問題是，女人總是不接電話。有一次，她連打了十幾通也沒人接，還以為是電話線接頭沒插好，但回家一看，接頭插得好好的。每次她追問為什麼不接電話時，女人就會說因為孩子哭鬧，所以沒聽見，再不然就找一些藉口，像是在浴室，或帶孩子去超市了。她才迫不得已用分期付款買了一支手機，硬塞給女人。

十幾分鐘過去了，房門依舊關著，屋裡鴉雀無聲，根本聽不到講電話的聲音。女人的聲音本來就很小，加上患有口乾症，使得聲音就跟吹散的沙子一樣，況且房門也像密封的蓋子關得緊緊的，聽不見也很正常。想到女人在用分出多條岔的聲音詢問水何時會來時，她不禁後悔，還不如親自打去問呢。但是，是女人自己主動提出要打電話的。

怎麼一點聲音也沒有？難道睡著了？就在她困惑不已時，房門比剛才關上時更加悄然無聲地開了。女人走出房間，無視一臉好奇的她，直接走進廁所拿了塊乾抹布，然後移著小碎步走到玄關，在鞋櫃對面的鏡子前停了下來。女人像金魚一樣咧開嘴，對著鏡子哈了口氣，擦起鏡子。

她就像卡到陰似的呆望著女人，感覺女人咧嘴哈出的不是氣體，而是氣化的唾液。女人看起來就像是從自己乾燥的口腔抽出舌頭，拿在手裡擦鏡子。

女人稍稍咧開嘴，鏡子反射出女人的口腔，但因為女人側身站在那，她看不清。但有一股衝動促使她很想看看從未看過也不想看的，如寸草不生的貧瘠土地般的女人的口腔。

那面全身鏡是女人搬家時帶來的。搬進兒子家時，女人的家當就只有一個三層櫃、化妝檯、兩套被褥和一個枕頭，以及那面全身鏡。看到搬家公司的人把那面全身鏡立在玄關時，她錯愕不已。全身鏡大得離譜，鋁框上的金漆也都掉了色，看起來髒兮兮的，而且鏡子最上面還印著「祝發展」三個大字。她想叫女人把鏡子丟掉，但始終沒說出口。那時她一心只想跟女人好好相處，加上當時不滿百天的孩子哭得天昏地暗，她手忙腳亂地哄睡孩子後過來一看，發現母子倆沒跟她商量，已經直接把那面鏡子掛在鞋櫃對面的牆上了。

不知道女人是不是看穿了她的心思，擔心她會找機會把鏡子丟掉，所以一閒下來就去擦鏡子。有時做著其他家事也會突然放下，走到鏡子前楞楞地站在那。她非常厭惡站在鏡子前的女人，如石膏像般巧妙傾斜七十度站在鏡子前的女人，會瞬間變成複數，看起來就像有兩個人。雖然鏡中的女人只是假象，還是會覺得是一種透過生物複製繁殖出來的複製品，讓她覺得家裡出現了兩個女人，莫名覺得自己會被兩個女人的氣勢壓倒，變得畏首畏尾。不知女人是否也察覺到了這一點，所以常常站在鏡子前或擦鏡子。難道女人是想透過照鏡子來重拾自己如同唾液般微不足道的存在感嗎？

話說回來，既然都打給區廳了，至少也說一聲什麼時候水會來吧？她強忍著沒問，想看女人能守口如瓶到何時。既然女人那麼悠閒地擦起了鏡子，水應該很快就會來吧？如果停水的時間拉長，應該也會說一聲吧？

女人才不在意她有沒有在看自己，只是全神貫注地擦鏡子，用力得就像要抹去鏡子裡的自己一樣，一下一下地擦著。

「您打電話了嗎？」

「嗯……？」

女人握著抹布在鏡子上畫圓的手突然停了下來。

「您不是說要打電話嗎？」

「嗯……」女人就像緊張的貓咪一樣縮著肩膀，對著鏡子又哈了一口氣。

「他們怎麼說？」

「啊……那個……說不知道……」女人的口腔似乎分泌了一些唾液，聲音沒有剛才進房話前那麼分岔了。

「這是什麼意思？」

「等著看……」女人目不轉睛地盯著鏡子，喃喃道。

「等著看？看什麼？」

這句話聽起來更像是某種警告或暗示，她不禁有些慌張。

「再等等……總之，讓我們再等等……才知道……」

「還要等多久？」

「慢慢等……」

女人盯著鏡子，她覺得女人好像是在跟鏡子裡的自己講話。

「所以還要等多久啊？」

「反正說要我們等……」

「一小時還是兩小時？到底還要等幾個小時啊？」

「要再等等，才能知道……凡事都要等時間經過……才能見分曉……」

這又是在鬼扯什麼？見什麼分曉……現在不是在講水何時能來嗎？凡事都要等時間經過才能見分曉……凡事？什麼事？

「還要等多久？一小時？兩小時？」

「時間哪能那麼明確……又不是播整點新聞……」

「媽，有什麼比時間更明確？以秒鐘、分鐘和小時明確畫分的就是時間，所以我們才會按照一天二十四小時來安排生活啊！公車和地鐵照時間運行，約會要先定好時間，連通話費都是依照通話時間繳的。睡覺前、起床後，最先確認的也是時間，平常也會時不時的看一下時間啊！時間不明確的話，世界就要亂套了，那我們怎麼生活？約會時間總不能亂定吧？」

「我說的不是那種時間……」

「那種時間？」

「所謂時間……算了……不說了……說了也沒用……」女人也許是覺得爭論下去沒有意義，閉上了嘴。

可以用顛倒是非來形容眼下的情況嗎？聽不懂話的人不是自己，而是女人吧？

「那他們有說為什麼停水嗎？」

「原因啊？」

「對。」

「原因的話……妳不是最清楚嗎……」

「我？」

「妳比誰都清楚，不是嗎……」

「您在說什麼？我哪知道為什麼停水？」

「妳不知道，誰知道……」

簡直不可理喻！她一聲不吭地怒瞪著女人的後腦勺。但她無法把女人的話當作玩笑，因為那幾句話就像匕首一樣刺進了她心裡。妳不是最清楚，妳不知道，誰知道……我最清楚？我最清楚什麼？難道是因為那句話？她突然想起自己對女人說的那句話——您不懂，就不要亂講。難道女人一直把這句話記在心裡，忍到現在才表示不滿？但那是女人的兒子——也就是她的丈夫——先說出這句話的。丈夫至少有五、六次當著她的面，用這句話把女人頂撞得啞口無言。

「您剛剛打電話去哪裡？」

女人在鏡子上慢慢畫圓的手停住了。

「區廳嗎？」

剛才還像在背臺詞的女人突然支支吾吾起來。她越想越不對勁，女人真的有打電話嗎？

「因為施工……」女人的聲音更加低沉，而且又嚴重分岔了。

「施工？」

「因為施工……」

是因為施工導致停水？她回憶起幾天前的九點新聞，首爾某一區因突然停水帶來極大不便，記者走訪居民住家和餐廳，報導了民眾的不便和損失。接受記者採訪的餐廳老闆不滿地說，客人高峰的午餐時間突然停水，連生意都沒法做了。老闆氣得面紅耳赤，腳下堆滿了用過的砂鍋，就像一堆死掉的牛蛙。直到五個小時過後水才來。

她和女人都有看新聞，當時她正在用泡過糙米的水幫孩子洗澡，女人則在疊晒乾的毛巾。家裡的空氣充斥著各種味道，香香的糙米味、藥膏和晚餐吃的清麴醬湯味。看著如同發生在其他國家、毫無現實感的新聞，女人該不會聯想到了自己的嘴巴吧？難道女人把停「水」聽成了停止分泌「唾液」，把停水看成停止分泌唾液？但那天九點新聞報導的兩千戶人家突然停水的事件，是有原因的，是地鐵施工的震動，導致地下水管接口錯位，致使水管爆裂，出現漏水。這件事明顯與女人毫無緣由地罹患口乾症是不同的。搞清楚原因很重要，只有知道原因才能找到對策。不知道的話，就只能束手無策地期盼情況不要再惡化下去，除此以外別無他法。

施工的話，那就是水管爆裂，還是水泵壞了？停水總得有個明確原因吧。她突然仰頭看向天花板，既沒聽到洗衣機的轉動聲，也沒有沖馬桶的水聲，看來樓上也停水了。每次樓上洗衣服，洗衣機的噪音就會沿著天花板和牆壁傳到她家。快三個小時沒有水了，整棟樓的人竟然都沒有反應，難道大家早就知道會停水嗎？

她懷疑停水可能跟巷尾的新大樓施工有關，說不定地基開挖作業時碰到了水管。去年春天，巷尾那棟老建築拆毀後，空置了幾個月，不久前才開始地基施工。昨天經過時，她看到那裡已經挖了一個很深的大坑。看來在新大樓竣工前，整條巷子都會震動、噪音不斷。而且塵土飛揚，恐怕連窗戶也不能開了。

「哪裡在施工？」

「因為施工……」

「我問您，哪裡在施工？」

「……」

「難不成是挖地基的坑弄壞了水管？」

「挖坑？」

「就是巷尾那塊空地啊，我昨天經過時，看到他們挖了一個很深的大坑，可能是要安裝化糞池吧。」

「有多深？」

見女人提起興致，她感覺自己可能猜錯了。

「寬度和深度大概有……客房那麼大，還推了很多鋼條、鋼管，看來是要正式施工了。新大樓蓋好前，恐怕整條巷子都會不得安寧。」

雙向六車道的對面也在蓋新大樓，說不定跟那裡也有關係。在市政府的規畫下，那一帶的老房子都拆毀了，現在正在蓋住宅大樓。每次搭小巴經過那裡，看到好端端的房子被無情地拆毀，她都感到很遺憾，因為自己家沒有被畫入城市計畫範圍。遙望夕陽下被拆毀的屋頂和牆壁，以及暴露而出的鋼筋，她甚至覺得被人奪走了都更的幸運。當時她和丈夫之所以會買下現在住的這間房子，根本是上了仲介的當，輕易相信了這一帶也在城市計畫範圍內。仲介誘惑她說，果斷投資才能賺大錢、房價不可能下跌、投資房地產才最安全。那段時間正值都更熱潮，老房子的房價也居高不下，所以儘管很多人反對，不願離開生活了一輩子的地方，擔心會背負鉅額的房貸，過上如同難民般顛簸流離的生活，她卻並不在意。她覺得為了買房向銀行貸款和還利息都是次要的問題。

如果真是因為馬路對面的施工導致停水，她應該會覺得非常委屈。

「您怎麼不問清楚哪裡在施工呢？」

「問了水就會來嗎……」

「就算水不會立刻嘩嘩嘩地流出來，至少不會這麼心煩吧。」

「妳心煩？」

向來不會發問的女人突然反問了一句，讓她略感意外。

「您這是在明知故問，一滴水都沒有，能不心煩嗎？連臉都洗不了……」

「是喔……」

這是什麼反應？女人的口氣十分平靜，面對這種不以為然的態度，她更心煩了。

「您不心煩嗎？」她用譏諷的語氣追問：「一點也不？」

「我呢，一直都……」

「一直什麼？」

「我，一直……」

「也是，您一直都這樣……」

如果現在水龍頭能流出水，該有多好。

莫非水龍頭和女人的嘴巴真的達成了某種協議？她明知自己這種猜測是無稽之談，但女人的態度實在太奇怪了。眼看就要中午了，家裡還是沒有水，女人卻沒有半點不便。用過的餐具已經堆滿洗碗槽，女人卻毫不在意，就像不知道家裡停水，也與自己無關。女人平時乾淨俐落，整天手裡拿著抹布，哪怕洗碗槽裡只有一個水杯也會立刻洗乾淨。她上班那幾年，家裡可說是一塵不染，忙於工作的她之所以把家裡的事和孩子全交給女人，正是因為女人愛乾淨的性格。

她把手指伸進水龍頭裡，瞬間產生一種錯覺，彷彿手指伸進的是女人的嘴巴。水龍頭又窄又短，只能伸進一節手指，還以為裡面會濕漉漉的，沒想到連裡面也乾了。這麼一看，洗臉盆也乾得出現了水痕，連馬桶的水箱也空了。難道是從昨晚就停水了？昨晚，女人比平時還要早睡。丈夫在外出差，已經三天沒回家了。如果是從昨天晚上開始停水，那女人是怎麼煮湯、洗米的呢？無論怎麼想都很不對勁，彷彿停水這件事跟女人的唾液變乾一樣，不是從一年前開始的，而是更久以前。

鏡子到底要擦到什麼時候啊？女人擦得太用力，感覺就快把鏡子裡的自己抹掉了。

她到廁所看了看洗臉盆，轉身的瞬間嚇了一跳，只見女人楞楞地站在門口注視著她。女人在門口站了多久？

「幹麼？」她問道。

「我想小便……」

「您就不能忍一忍，等水來了再上。」

馬桶裡已經積滿了女人、她和孩子的小便。

「誰知道水什麼時候會來……」女人避開她的視線，小聲嘟囔。

「這話什麼意思？」

「水，什麼時候……」

「又不是缺水，水很快就會來的。」

「等著瞧吧……」

等著瞧？女人的自言自語再次刺激了她的敏感情緒。等著瞧什麼？難道這棟樓只有自己家停水？

「我去隔壁問問看，會不會是只有我們家停水。」

「……」

「我是說，這棟樓裡可能只有我們家，三〇二停水。」

女人沒反應，走進了廁所。她斜眼看著廁所門靜靜地關上，眼角一直抖個不停。稍後，廁所裡傳出如細絲般的流水聲，那不是從洗臉盆的水龍頭裡流出的水聲，而是女人的小便聲。

她推門而出，直接來到三〇一門前，身後的家門大敞著。她連續按了兩下門鈴，但沒人應門。就在洩氣的她正要轉身時，門開了，一個敷著石膏面膜的女人瞪著一雙圓眼直視著她。

「我住隔壁……請問，您家有水嗎？」

「水？」

女人微微張開嘴，低聲說了幾句話，只見快要乾掉的面膜出現了裂紋。

陰險的戰略

「隔壁的大嬸說，水下午兩點會來。」她和三〇一的女人講完話回來後，才剛踏進家門，就對又在擦鏡子的女人說。「人家還說，是從今天早上八點開始停水的。」

女人毫無反應，全神貫注地擦鏡子。用乾抹布把鏡子擦得一塵不染的女人緩緩垂下眼簾，似乎有意迴避她的視線。她雙手抱胸，站在門口，怒瞪著鏡子裡的女人。

「只有我一個人被蒙在鼓裡。」

她很想知道，女人到底打算裝傻到什麼時候。

「聽說是您挨家挨戶告訴大家今天會停水。」

話都說到這個地步，還要裝傻嗎？即使聽到了決定性的證詞，女人也沒眨一下眼皮。

「大嬸說，您昨天晚上登門，說今天會停水。人家不可能說謊，也沒理由說謊吧？」

當她從鄰居口中得知這件事時，氣得全身血液倒流，還跟人家確認了好幾次，通知停水的人真的是自己的婆婆。想到女人竟然只對自己隱瞞這件事，她氣得渾身發抖，看來女人的確是在故意隱瞞自己。

那剛才打電話又是怎麼回事？是為了隱瞞自己在演戲嗎？她堅信女人是故意騙自己。真是可笑至極，竟然連這也沒看出來，還在那裡荒謬地猜測女人和水龍頭達成了某種協議……

「您明明知道，為什麼不告訴我！」

「我……我知道什麼……」

還打算繼續裝瘋賣傻嗎？證據確鑿，女人還是死皮賴臉地不承認，她氣得一時之間說不出話來。

「所、所有的事！」

「……妳……我是……問我知道什麼……？」

「您為什麼這麼做？您明明知道啊！」她簡直氣結。

「連妳都不知道的事，我怎麼會知道……」

女人突然抬起眼皮，看向鏡中的自己，女人就像在看陌生人一樣直視著自己。面對泰然自若的女人，她感到不可理喻又混亂。難道鄰居認錯人了？不可能，鄰居很肯定地說是住在三〇二的老奶奶。

「您明明早就知道從今天早上八點到下午兩點會停水！」

女人無視咄咄逼人的她，依舊直視著鏡中的自己。

「您怎麼可以騙我？」

鏡中女人的視線不得已地轉向了她。

「沒有……我沒有騙妳……」女人緩緩搖了搖頭。

「這就是欺騙！」

「要騙，也是妳騙我……」

「我騙您？」

「我沒騙過妳……我騙妳做什麼！」

「這次不就騙了我嗎？」

隱瞞停水的事也就算了，她不理解的是，女人明知會停水六個小時，卻沒有接水、做任何準備。至少應該接盆水，好讓大家洗臉刷牙吧！竟然連洗碗的水也沒接。她很肯定，女人這次是下定決心要為難自己，才故意沒接水。

「您怎麼不在浴缸接滿水呢？只要打開水龍頭就能自動接滿水。怎麼連這點事也不做呢？」

「自動？」女人詫異地反問。

「對啊，只要打開水龍頭就好啦。至少接一盆水給珉秀洗臉吧。」

既然女人知道會停水，肯定也知道停水原因。雖然女人結結巴巴地說是因為施工，但一定知道具體原因。不過看女人的態度，想必問了也不會爽快回答。而且就算知道了，水也不會流出來。反正三〇一的女人說，下午兩點水就會來了。

女人會不會早就知道唾液變乾的原因？那個連口腔科專家也沒能找出的原因。女人可能會在心裡嘲笑那個找不出原因、面露難色的專家，透過那張如面具般毫無表情的臉，默默在心裡……

她很擔心女人會對查不出病因的專家的話深信不疑，相信唾液變乾的原因來自受到羞辱。被媳婦發現在孫子額頭上塗唾液時受到的羞辱……儘管她覺得，不會有人因為這點雞毛蒜皮的小事得口乾症，但換個角度想，受辱的人不一定這麼覺得……假若真是這樣，那就糟糕了。她不願去想，也不想承認自己就是女人唾液變乾的原因。就算女人一口咬定是因為她，她也打算死不承認。

「您的病好點了嗎？」她心不在焉地問了一句。「今天有分泌出一點唾液嗎？」

從女人分出千萬條岔的聲音就可以知道口乾症有多嚴重，她卻明知故問。面對這樣的自己，她也感到厭惡，但還是想搞清楚女人心裡在想什麼。

「您覺得是什麼原因？」

「原因？」

「唾液變乾的原因。」

「……」

「因為壓力？醫生不是說，因受到羞辱而生的壓力會導致口乾症。」

「……」

「您不會是因為上次那件事吧？」

「上次那件事？」女人歪了一下頭。
「嗯，那件事。」
「什麼事？」
她無法分辨女人是真不知道還是假裝不知道。但她清楚的是，即使女人有時很糊塗，也絕不會忘記那件事。因為女人的記憶力異常的好，連一些無所謂的小事也都記得一清二楚。
「就是那件事啊。」看到女人裝傻，她氣得胸口發悶，但還是不服輸地又說了一句。
「到底什麼事……？」
女人稍稍扭過頭來，微妙的角度讓她覺得鏡中的女人和鏡外的女人同時看向了自己。如同自體繁殖般由單變雙的女人，彷彿無所不在，女人的分身佇立在洗碗槽、餐桌、沙發、陽臺、浴室、臥室的床和熟睡的孩子身邊。
必須把這面鏡子丟掉……趁女人不在家時偷偷丟掉！就說鏡子摔碎了，再不然就弄條裂痕出來，門口掛一面有裂痕的鏡子感覺很晦氣，這樣女人就會同意了吧！她覺得要是丟掉鏡子，女人也會從這個家消失的。想到這，她恨不得立刻把鏡子丟到巷子口。但鏡子又大又重，她一個人束手無策。等丈夫出差回來，無論如何都要把鏡子……
「您不如找間全租屋吧？」
面對她的發問，女人仍舊沒反應。雖然這樣問很突然，但女人肯定知道她是什麼意思。

「仔細找找，說不定能租到新蓋的房子呢。」

她委婉表達了希望分開住的想法。共生的意義消失後，沒辦法再這樣一起生活下去了。完全不同的物種，即使不是雙方，起碼也要有一方需要幫助才能實現共生。這不是大自然的法則嗎？她始終認為女人和自己屬於不同的物種，擔心再這樣生活下去，最後即使想分開也會變成分不開的雙重物種。

「最近到處都在蓋新大樓……」

即使女人現在搬走，她的生活也不會有任何不便。在她眼中，女人已經成了一個可有可無、一無是處的累贅。雖然孩子會因每天陪伴自己的女人突然消失而混亂，但應該也能很快適應。偶爾也會需要女人幫忙，就在附近找一間既便宜又乾淨的房子自己住，對大家都好。這樣一來，就算不是經常，但女人想孩子時偶爾還是可以聚一聚。如果能找到適合的新工作，她還打算繼續上班，就算不是正職，還是想回到職場。不過眼下最重要的是趕快讓女人遠離孩子，她覺得隨著女人病情加重，孩子的皮膚病也越來越嚴重了。雖然這種想法毫無根據，但她還是想讓女人離孩子遠遠的，要想這樣就只能分開住，反正一開始也是分開住的。最初她提出同住時，暗自設定的時間也就是五、六年，現在的時機剛好與自己的計畫吻合。她壓根就沒打算跟女人一起生活到為女人送終。

「反正您一個人住，乾淨就好，也沒必要太寬敞。」

用抹布在鏡子上畫圓的女人突然像石膏像一樣僵在原地。

既然話已出口，她不想就這麼不了了之。

「雖然全租金漲了不少，但用您那筆錢也能租到個兩房的屋子吧。」

女人搬來時退掉了獨居的全租屋，然後把相當於全部財產的全租金存進了銀行。她很好奇女人把那筆錢存進哪間銀行、有多少利息，但至今也沒開口問過。她怕女人誤會自己想貪圖那筆錢，加上之前發生的那件事……

女人剛搬來一個月，丈夫就開始煽動女人用那筆錢買基金，說什麼大家都把定存取出來投資基金了，要是運氣好，很快就能賺到本金的兩三倍。丈夫硬是塞了一本基金指南給女人，但女人絲毫沒有動搖，甚至直接拒絕兒子，說既然有人賺錢，肯定也會有人賠錢。

「那筆錢足夠……」

「那筆錢……？」

「對啊，您存的那筆錢……」

「我哪有錢啊？」

她氣得發抖。「您搬來前，不是存了一筆全租金嗎？」

話都挑明了，還想裝傻嗎？

「您不是把那筆錢存進銀行，都存五年了，也會有不少利息。您把錢存在哪間銀行？」

「珉秀爸爸沒說嗎？」

「嗯？」

「我還以為他跟妳說了呢……」

「說什麼？」

「當然是……」

「說什麼？」

「這個嘛，妳最好還是去問珉秀爸爸……真想知道的話，就去問他……」

真想知道的話？難道丈夫把女人那筆全租金花掉了？

「您沒把那筆錢存進銀行嗎？」

「存是存了……存在新村金庫銀行，定期五年……不管利息多少，存在銀行最保險……」

「然後呢？」

「考慮到利息，我想等期滿再取出來……但沒等到……」

「您的意思是，因為珉秀爸爸？」

「別提了……」

她突然感到一陣暈眩，就像被人當頭打了一棍。不用問也知道，一定是丈夫花光了女人那筆錢。

難道是前年冬天？丈夫曾跟她商量，希望抵押房產再從銀行貸一筆錢。唸大學時跟丈夫稱兄道弟的社團學長準備在越南投資建廠，找他合夥投資。當時基金投資的熱潮已經退去，很多人賠了錢。她斥責丈夫少作白日夢，趕快把酒戒掉。每次丈夫提起這件事，偏偏女人也在旁邊。她追問那個學長是什麼人時，丈夫就會扯上女人，說女人也認識那個值得信賴的學長。

「就是那個我入伍時，送我到論山訓練營的學長，您還說對他印象很好呢。」

看到兒子擠眉弄眼，女人無奈地點點頭。從女人一臉為難的表情可以看出，她根本不記得那個人。看到丈夫像孩子似的死纏爛打，她一時惱火，不由分說地一口咬定那個學長就是個騙子，甚至還嘲笑起丈夫的人脈，說他連個做醫生、律師或會計師的朋友都沒有。她也知道不該當婆婆的面踐踏丈夫的自尊心，但這已經不是第一次了，她故意想讓婆婆知道丈夫有多無能，多沒責任感。每當這時，女人都會保持沉默，也許是覺得不該插嘴，或是也覺得兒子真的很無能。至於女人心裡真實的想法，就無從得知了。

無論怎麼想，答案就只有一個，丈夫用女人那筆錢跟學長合夥投資了越南的工廠。之前她也覺得奇怪，後來就沒再聽丈夫提起這件事了。丈夫該不會真的把那筆全租金都拿去投資越南工廠了吧……雖說丈夫是女人唯一的兒子，但那筆錢可是女人全部的財產。女人會欣然地交出來嗎？丈夫貪圖女人那筆錢何止這一次，丈夫就像得到什麼意外之財似的，心心念念地想用掉女人的全租金，先是打算辭掉工作，用那筆錢做點生意，之後又改變主意想換輛新車。看著死纏爛打跟女人借錢買車的丈夫，她不禁覺得，丈夫根本是沒有持刀的搶匪。

背叛感油然而生，她覺得這對母子合夥騙了自己。若真要計較對錯，很明顯是丈夫的錯，她卻認為女人更加背叛了自己。以至於對女人五年來任勞任怨、無私奉獻的感激之情，在瞬間蕩然無存。

女人太不像話了，那麼大一筆錢，竟然也不跟自己商量一下就給了兒子。女人明知家裡的經濟大權掌握在她手裡，丈夫不僅要跟她領零用錢，連房產也登記在她名下，每個月的薪水也會自動轉帳到她戶頭。她甚至連丈夫的信用卡也要管，只要丈夫刷卡，她的手機就會立刻收到刷卡的地點和金額。

「看來那筆全租金，您和珉秀爸爸已經商量好了？」

「……」

「你們居然把我蒙在鼓裡。」

「不是讓妳去問他……」

「既然他不說，我也沒必要去問了吧。」

「是喔……」

「我也不想知道。」

其實她很想立刻打給丈夫追問那筆錢的下落，最後還是忍了下來。最好還是別多嘴，萬一哪天女人要丈夫還錢，她才有藉口說不知情，推卸責任。

如果丈夫真的賠掉了那筆全租金，那就意味著要跟女人繼續生活下去，但她不想再跟女人一起過日子了。女人五十多歲搬進她家，現在已經六十過半了。因為口乾症，女人的飯量減少，身體也變得虛弱。今天仔細觀察後發現，女人不僅駝背、頭髮變少，就連動作也變得遲緩，口乾症倒還好，萬一哪天女人得了失智症怎麼辦？

寄生性蚤蠅

「應該活得跟別人一樣，雖然不知道能不能做到，但就算不能比別人體面，至少也不能比別人差吧？」

「到底別人活得是有多好……」

「您的生活閱歷比我多，應該比我更了解吧。」

「嗯，但就算讓我活得體面，恐怕也做不到……」女人笑了笑。

「您是在嘲笑我嗎？」

「我嘲笑誰了？」

「我……」

「總之，只有人類才能做出那種事……」女人自顧自地轉移了話題。「那麼多物種中，放棄繁殖的只有人類……在多達三百萬的物種中……」

整天待在家裡做家事、帶孩子的女人是怎麼知道這些的？她不動聲色地聽著。

「三百萬也只是百分之十……除了人類……在妳和我生活的這個地球上……還有三千萬個物種……」

她也知道地球上存在很多物種，但不是三千，而是三千萬，這個數字令她吃驚。更何況這個數字是從患有口乾症的女人嘴裡說出來，更覺得非比尋常。

「人類卻以為自己是地球上唯一的物種……話說回來，我一直在等呢。」

「等？等什麼？」

「第二胎……」

「第二胎？」

「妳不是懷了第二胎嗎？」

女人的態度十分認真，根本不像在試探。難道女人看她天天在家，誤以為她懷孕了？但這是不可能的。她都離職四個月了，其間一次害喜也沒有。懷珉秀時，她因為害喜吃了多少苦，女人是知道的。

「懷什麼第二胎？」

「快臨盆了吧？雖然沒計算天數……但感覺快到時候了……」

這不是在無中生有嗎？聽到女人一本正經的一席話，她嚇得楞住了。女人該不會是在問四年前那次意外懷孕吧？那次之後，她都有認真避孕。雖然後來有打算再生一個孩子給珉秀作伴，但始終沒有成功。她慢慢領悟到在懷孕這件事上，男人和女人是不同的。對女人而言，懷孕就和食品的保存期限一樣，存在著適孕年齡。

「我在等……」

「等什麼？」

「我都這把年紀了，還能等什麼？等孩子出生啊……」

她啞口無言。

「我一手帶大珉秀，等妳生了老二，也給我帶……我不帶，誰帶啊！」

她多希望女人是得了失智症，才在那裡胡說八道。但她知道不可能，女人的每一句話都耐人尋味。

「您在說什麼？我哪有懷孕。」

女人沒有放過試圖敷衍了事的她。

「妳只要把孩子生下來……帶孩子的事就交給我……我會教孩子講話、走路……帶孩子的事都交給我……」

「您不知道……我墮胎的事？」她說出這句話時，嘴裡就像在嚼一塊生肉。「您有什麼能力？您能一直把孩子養到大學畢業嗎？您知道現在光是養珉秀一個，每個月就要花多少錢嗎？」

「妳只要生下來……」女人固執地說。

「我不是說了，孩子拿掉了。」她下意識地提高嗓音。

女人無力地笑笑，嘆了口氣。「只要懷上，我就生了。只要懷上……」

「不是多生就是好事。」

「再怎麼說，那也不是人該幹的事……」

她這才明白女人到底想說什麼。女人明知四年前她懷了孕，也知道她私下拿掉了孩子，卻一直裝作不知道。四年後的今天，女人突然提起這件事，是想讓她難堪。想到婆婆表面上任勞任怨，連內衣褲也幫自己洗，內心卻一直在嘲笑自己，她感到不寒而慄。女人把她的一言一行看在眼裡、記在心裡，甚至擅自評斷。即使發現媳婦瞞著自己拿掉孩子，女人依然不動聲色，一如既往地做著該做的事。想到這，她甚至對女人心生敬畏。

「人類之所以比其他動物高等，不正是因為在生育這件事上有判斷和控制的能力嗎？」她抑制住湧上胸口的羞愧之情，反駁道。

即使墮胎是自己的選擇，但每次想起這件事，她都會感受到罪惡感、不捨和羞愧，甚至還會埋怨不得不做出這種選擇的自己。

「妳是不知道才這麼說……」

「我不知道什麼？」

「妳不知道在寸草不生、沒有一滴水的沙漠，昆蟲為了繁殖下一代付出了多少努力……生活在如同火坑般高溫沙漠裡的昆蟲……」

怎麼能用微不足道的昆蟲，而且還是沙漠裡的昆蟲和高等動物人類做比較呢？

「只有人類輕視繁殖，做出那種事……」

說得也是，除了人類，再沒有動物能控制繁殖，因為動物根本不會去思考避孕這件事，也只有使用雙手的人類可以熟練地進行墮胎這種高難度的手術。她看過關於野生動物的紀錄片，知道動物非常重視繁殖後代。即使在寸草不生的惡劣條件下，動物也會努力尋找配偶，繁衍後代。很多昆蟲和魚還會把繁殖視為終極目標，在目標達成後，毫無留戀地消亡。

「您不知道嗎？有理論認為，人口的急遽增長會成為全球災難。工業革命之後，迅速增加的人口因為第一、二次世界大戰才得以控制，高麗葬[7]也是控制人口的一種方法。動物可以根據食物鏈和弱肉強食的自然法則來控制數量，但人類毫無對策。」

她脫口而出的這番話，是把網路上看到的內容東拼西湊。她想說服女人，自己是迫不得已才做出違背道德的選擇，然而對於當時的自己，這已經是最佳的選擇了。也許是覺得再辯解下去只會令自己更卑微，她最後閉上了嘴。

「沙漠裡有一種昆蟲，叫寄生性蚤蠅……」

女人用沉浸在回憶中的聲音喃喃說道。她從來沒聽說過這種昆蟲，猜想可能是蒼蠅中的一種吧。

「到了螞蟻產卵期，寄生性蚤蠅就會成群結隊地飛來……把卵產於螞蟻的頭部……蚤蠅的卵化為蛹……發育為成蟲後……螞蟻的頭就會脫落……死掉……」

她聽著女人輕聲細語地描述如同浮現在眼前的畫面，感到脊背發涼。

「您見過嗎？見過螞蟻的頭……和身體分家嗎？」
「見過……」
「……？」
「在沙漠……蚤蠅的成蟲從螞蟻的頭裡慢慢地爬出來，鑽進沙子裡……」

7 高麗時代的朝鮮風俗，子女會用藤椅把年邁體弱的父母揹到高山遺棄，待老人自生自滅後再下葬。

鮟鱇魚的處理法

客廳的時鐘剛指向兩點，她就立刻轉頭看向廚房的水龍頭。還以為水會準時來，但水龍頭就像在行使緘默權一樣持續保持沉默。她一直等時針走到兩點五分。

「兩點多了。」

女人果然和水龍頭達成了某種協議，依舊不吭一聲。

「您不是說水兩點會來嗎？」

她走到洗碗槽前，伸手握住水龍頭，但已經擰不動了，因為水龍頭已經開到最大。再等一會水應該就會來了吧？火車也有誤點的時候啊。難道施工還沒結束？她再次產生不祥的預感。

她耐心地等到兩點十分，水龍頭還是沒有任何反應。

女人擦完鏡子，碎步走到廚房，在冰箱的蔬果保鮮盒翻了半天，從裡面拿出一個黑色塑膠袋，打開繫得很緊的袋口，取出一大坨東西。那坨軟呼呼、比女人頭還大的東西，竟然是沒有冷凍的鮟鱇魚。

「您要幹什麼？」

「做辣燉鮟鱇魚……」

家裡一滴水沒有，做什麼辣燉鮟鱇魚？自從上次吃辣燉鮟鱇魚時，丈夫勸女人口乾就多喝水後，家裡的餐桌上就再也沒有出現過辣燉鮟鱇魚了。女人什麼時候買的？她都不知道冰箱裡有這東西。是在公車站附近的超市買的？那間超市門口擺了很多蔬菜，幾天前才開始賣水產，老闆把水產放在保麗龍箱子上，還點了蚊香驅趕蒼蠅。

「現在做什麼辣燉鮟鱇魚啊？」

「珉秀爸爸不是今天回來嗎？」

女人取來洗碗槽裡的砧板放在餐桌上，用抹布擦了擦菜刀和沾有泡菜汁的砧板，最後抓起鮟鱇魚攤放在砧板上。鮟鱇魚又肥又大，魚尾和兩側的魚鰓跑到了砧板外。

女人拿起菜刀，開始切割鮟鱇魚的牙齒。

「這魚的牙齒太硬，必須切掉……妳瞧這牙齒……」

女人拿起像梳子一樣的牙齒給她看。鮟鱇魚背部長有如同觸角般又細又長的刺，稍有不慎，魚刺就可能刺到女人的眼睛和額頭。

「等水來了再弄也不遲啊。」

女人就像沒聽到她的話，繼續切著剩餘的牙齒。

「牠都沒吃東西，肚子裡空空的……」女人用刀尖剖開魚肚，一邊用手扒開，一邊自言自語。「都沒吃東西……肚子裡連隻小蝦也沒有……」

女人彎曲手指，像耙子一樣挖出魚的內臟。

她只見過端上桌的鮟鱇魚料理，所以眼前的血腥場面讓她很不舒服。她從沒想過女人每次把辣燉鮟鱇魚端上餐桌前，都要切除牙齒、剖開魚肚、挖出內臟。

「這是餓了多久啊……」

「您等水來了再弄吧！」

「誰知道水什麼時候來……」

「嗯？」

「誰知道水什麼時候來……」女人若無其事地自言自語，一邊把挖出來的內臟進行分類。

「什麼意思？您不是說水兩點會來嗎？」

「我有說嗎……」

「您說水下午兩點會來……」

她恨不得找三〇一的大嬸來跟女人當面對質。難道女人是亂講的，根本不知道水什麼時候來？但依照平時女人知道也會裝傻的性格，這種假設似乎無法成立。

「既然您說下午兩點水會來，那現在應該有水了啊！」

「妳知道這是什麼嗎？」女人手上托著一塊像腐爛的豆腐的東西。「膽……是膽……」

她不知道膽是什麼。

「就是膽囊……」女人隨手把魚膽放進空碗裡。「今天晚上可以用它煮湯……」

「媽……」

「湯裡再加點水芹菜會更提味……對了，妳知道這是什麼嗎？是胃……煮熟以後，很有嚼勁……這不是妳最喜歡吃的部位嗎？」

女人用刀切開魚胃，用刀刃刮起表面，然後用抹布擦去黏在刀刃上的深黃色胃液。

「已經兩點半了。您不是告訴三〇一的大嬸，兩點水會來嗎？」

「是喔……」

面對女人裝瘋賣傻的態度，她氣得恨不得過去搶下菜刀。水龍頭不出水，一定是和口腔乾燥的女人達成了某種協議。荒謬的想法再次盤旋在她的腦海中，彷彿停水是女人的錯。

「是不是因為您啊？」

「嗯？」

「水龍頭滴水不出，該不會是因為您吧？」

她明知道自己是在無理取鬧，但還是想堅持這種合理的懷疑。只有把停水的原因歸咎在女人身上，認為停水是女人的錯，才能讓她舒心。

「說不定喔……」話音剛落，女人夾雜著嘆息笑了笑。

「說不定？」

「說不定……」

女人舉起緊握菜刀的手，用力砍在鮟鱇魚的尾巴上。直到魚尾徹底跟魚身分離，女人又接連砍了幾刀。餐桌在接連的震動下感覺快要垮了。砍下的魚尾又被女人切成了幾小段，大大的魚身也被切成兩大塊。魚骨咯吱咯吱的斷裂聲，清楚傳進了她的耳朵裡。

「處理鮟鱇魚看似簡單，但也需要技巧……刮黃花魚的魚鱗也同樣需要技巧……」女人念念有詞，一邊用刀又把魚身分解成好幾塊。「技巧可不是天生就會的……」

女人就像是在表演殺魚一樣把鮟鱇魚大卸八塊。她楞楞看著這殺氣騰騰的場景，鮟鱇魚的腥味在家裡瀰漫開來，一塊拳頭大的魚肉掉在了餐桌下。

女人悄悄放下菜刀，用抹布擦了擦手，撇下一桌亂糟糟的魚骨、魚肉和內臟，轉身走進浴室。

她走到洗碗槽前，抓住水龍頭，滿懷期待地晃了一下，還是沒有一滴水。她鬆開手，慢慢轉身看向餐桌，割下的牙齒像在示威似的擺在那，碗中的魚膽也漸漸變乾了。

她覺得眼前慘不忍睹的景象跟自己的處境一樣，不禁氣得咬牙切齒。丈夫敗光了那筆全租金——女人的全部財產。意想不到的變數妨礙了她的計畫，因此無法立刻趕走女人。總不能向銀行貸款給女人找房子住吧，但她也不想再和女人一起生活了。

她搖搖頭，極力否認眼前的光景。這時，她感到腳底濕濕的，低頭一看，鮟鱇魚流出的黃水沿著桌邊流到了地上，浸濕了她的腳底。

她走出臥室，來到客廳時，嚇得打了個寒顫。以為是去浴室的女人，竟然跟石膏像一樣守坐在孩子身邊。女人看到她，立刻收回伸向孩子的手。由於女人背對著從窗戶照進來的陽光坐在那裡，所以整張臉變得模糊不清，投下的身影如同一塊布緊緊裹住了孩子。

「您在幹什麼？」

「……」

「您在對珉秀做什麼……」

「我只是想摸摸他的額頭……看他有沒有發燒……」

「您沒塗唾液？」

「唾液？」

女人歪頭看著她。那張模糊不清的臉上，一雙眼睛恰似鹽粒般炯炯有神。她一時驚慌失措，女人從沒用那種眼神看過自己。女人不是只用那種眼神與孩子對視嗎？剛滿周歲的孩子搖搖晃晃學走路時，不小心撞到鞋櫃，下巴磕出了一道傷口。她為此追問女人時，女人也不敢看她一眼。

「對，唾液。」

「妳不是知道嗎……」

「我知道什麼？」

「都乾了，我連消化一粒米的唾液也沒有了……妳不是比誰都清楚……」

「我還以為您硬是要往孩子身上塗唾液呢。」

「珉秀媽……」

「髒兮兮的唾液……」

女人站起身，緊裹著孩子的身影也隨之移動。女人可能是再也聽不下去了，呆呆站了片刻後，又走到鏡子前。她眼前又浮現女人把又臭又髒的唾液塗在孩子額頭上的畫面。至於女人代替工作繁忙的自己任勞任怨、細心教孩子講話和走路的畫面，她卻想不起來了。

她又幫孩子全身塗了一遍乳液，起身時突然愣住了，鏡子前的女人不見了。客廳、廚房、臥室和浴室也不見女人。她走到玄關看到門鎖著，返回客廳時，下意識地看向鏡子。難道女人走進鏡子裡了？她盯著鏡子看了半天，轉身正要離開時，又轉回來看向鏡子。

她覺得眼前的全身鏡就像一大口唾液，彷彿女人拚命吐出的唾液黏在了牆上，映照出自己面如死灰的臉。唾液特有的甜滋滋、酸溜溜的味道彷彿也透過鏡子散發了出來。

她走到陽臺看了一眼，轉身時嚇了一跳。剛才還不見蹤影的女人，此時正站在鏡子前。

「您去哪了？」她問道。

「我能去哪……」女人沒有看她，而是對著鏡子回答。

「我是問您剛才在哪裡？」

「就在這裡……」

女人泰然自若的語氣，讓她懷疑是自己搞錯了。難道是因為女人一點一點地占領和支配著自己的領地，給自己帶來極大壓力，所以在無意識間抹掉了女人？

「剛才您待在哪？」

「這……一直都在這裡……」

口沫橫飛

現在這個家就如同女人口乾舌燥、散發口臭、充斥細菌的口腔。都快三點了，水龍頭還不出水。女人離開鏡子，走到陽光充裕的陽臺，好似過季的風扇般蹲在角落。

女人把身體蜷曲得像雞蛋一樣圓，蠕動著嘴巴，發出嘖嘖聲響。她看到女人像在做唾液分泌量檢查似的蠕動嘴巴，實在很想丟個空紙杯過去，教她吐出零點零零一毫升的唾液……哪怕只有零點零零零一毫升……

「您在做什麼？」

在客廳都能聽到女人發出的嘖嘖聲，她聽得心煩，忍不住問了一句。但女人就像故意似的發出更大的聲響。由於過於用力，嘴唇都變紫了。女人的顴骨凸起，雙頰像兩口深井凹陷下去，脖子上鼓起的青筋像是緊緊纏繞著盆栽的鐵絲。

「請您停下來。」

「就，就快好了……」說完，女人又迫切地發出嘖嘖聲。

「我教您停下來！」

「唾液……我在收集唾液……」

她覺得女人再這樣下去，搞不好會窒息暈過去。只見女人用盡全力嘟起嘴唇，兩片嘴唇好似一顆種子，一顆皺紋叢生、乾巴巴的種子。

「這樣就能收集到唾液嗎？」

她知道不該用這種口氣跟婆婆講話，但還是沒忍住。

「能收集多少是多少……看看能收集……多少唾液……」女人就像抽棉線一樣，發出一聲又低沉又長的聲音。

「您這是白費力氣。」

「看看能收集……多少唾液……」

「還不如按時服藥呢。」

「唾液……」

女人脹紅的臉看起來就像尚未煮熟的牛血，可見口乾症惡化到了什麼程度。但她依然沒有那個閒情逸致去同情女人，反倒覺得女人在無事生非，心裡更加厭惡女人了。

現在想來，幾天前她也見過女人努力收集唾液。那天早上，她急著去銀行辦事，沒有理睬女人。她無從得知那天女人用收集的唾液做了什麼。從銀行回來時，女人跟往常一樣正在準備晚餐。女人不可能輕易嚥下好不容易收集的唾液，更不可能隨便吐出來……難道女人用手指蘸著自以為是仙丹的唾液，抹在了孩子身上？她眼前又浮現女人把唾液塗在孩子長滿膿瘡的額頭上的畫面。

嘖！

女人的脖子像去了皮的鰻魚一樣繃得又緊又紅，雙唇好似種子發芽般的緩緩張開，唾液流了出來。

人體重要的唾液腺有耳下腺、顎下腺、舌下腺，以及分布在嘴唇、舌頭、兩腮內側和上顎的唾液腺。醫生說女人現在只有顎下腺還能分泌出少許唾液，而且與耳下腺分泌出的唾液不同，顎下腺分泌的唾液帶有更強的黏性。

不用摸也知道，女人的唾液肯定像海帶上黏稠的液體。女人伸出半截手指長的舌頭，唾液沿著舌頭流出，搖搖欲墜地掛在舌尖上。

客廳的時鐘已經指向三點了，水龍頭仍舊鴉雀無聲。鮟鱇魚特有的腥臭味、馬桶裡的尿騷味和廚餘的味道混雜在一起，家裡瀰漫著一股令人作嘔的味道。

剛才還像咳血似的拚命收集唾液的女人安靜了下來。女人雙手抱住彎曲的膝蓋，垂著頭，彷彿進入了冬眠一樣一動不動。她看到在女人腳踩的藍色塑膠拖鞋旁，有一塊塊像是撕碎的鋁箔紙，又像乾掉的鴿子屎，或碾碎的米粒的東西。她緊鎖眉頭思忖著那到底是什麼，接著不可思議地連連搖起了頭。地上那一塊塊的東西不是別的，正是女人吐出來的唾液。女人像在展示般，把好不容易收集、連零點零零一毫升也無比珍貴的唾液吐在地上。

她終於明白了真相，用悲壯的語氣對女人說：「已經三點了！」

女人抬頭看向她。她試圖去解讀女人的眼神和表情，但一無所獲。女人的表情既不是不滿，也不是埋怨和絕望，更沒有強抑的怒火。她不知道女人那張微微裂開、如同扣子脫落後的扣眼般的嘴裡，唾液到底變乾到了什麼程度。

「三點了。」

女人的嘴角微微顫抖，臉上竟然浮現笑容。一輩子沒笑過的女人，連兒子開玩笑也無動於衷的女人，竟然在對她笑，笑得連眼角的魚尾紋都疊在了一起。當她意識到女人在對自己笑時，不禁汗毛直豎、冷汗直流。她還以為女人不會笑，況且現在也不是該笑的時機。女人臉上那意味深長的笑容，她無法視而不見。

「您為什麼要笑？為什麼？」

「因為很好笑……」女人的聲音又出現了嚴重的分岔。

「好笑？」

「好好笑……」

「哪裡好笑？」她嚴肅地問道。

「就是很好笑……」

「到底什麼那麼好笑？」

她不得不問下去，她覺得笑容滿面的女人就是在嘲笑自己。

「這個嘛……」

「嗯？」

「一切……所有的一切都……」

雖然女人說一切都很好笑，但她覺得女人就是在說自己。更何況，女人平時根本分不清單數和複數。她曾經觀察過女人教孩子畫畫。孩子在沉迷於虛擬寵物前常纏著女人畫畫，女人就會用自己的方式一邊畫畫，一邊講故事給孩子聽。

「草地上有一隻羊。」女人用灰色的色鉛筆畫了很多隻形似烏雲的羊。

「不是一隻吧？」

「不……是一隻……一隻……」女人堅稱是一隻羊。

「明明是六隻，怎麼說是一隻呢？」

她一一數給女人看，但女人一口咬定就是一隻羊。

難道女人得了失智症？應該不是。現在回想起來，婚後第一年去掃墓時，也因為女人分不清單數和複數而陷入過混亂。公公葬於南陽州的公墓。看到如同溪畔石子一樣多的墳墓，她大吃一驚。

「這裡有多少墳墓啊？」

結果女人回答：「只有一個……只死了一個人……只有一個墳墓……」

看著背對公公墳墓自言自語的女人，她渾身不寒而慄。

「想笑就盡情地笑吧，反正笑也不花錢……」

面對她的冷嘲熱諷，女人也沒有收起笑容。

「您笑個夠。」

就在她轉頭想要迴避眼前的光景時，女人嘴裡發出了如同乾沙倒流般的聲音。就像用湯匙撇去浮油，女人緩緩收起了笑容。

她正要打電話到家附近的超市訂購礦泉水時，三〇一的女人找上了門。

「水還沒來。」

面對面露難色的大嬸，她也無話可說。大嬸跟她抱怨說好水兩點來，結果都四點了，水也沒來，給自己帶來諸多不便。她心想，比起毫不知情，連一盆備用水也沒接的自己，這點不便又算什麼？但還是深表同情地點了點頭。

「話說，那位老奶奶在家嗎？」

三〇一的大嬸探頭探腦地找起女人。即使聽到鄰居叫苦連天的抱怨，女人也沒吭一聲。

「媽，三〇一的大嬸來了。」

聽到她叫自己，女人這才無奈地抬起頭，就像看到素未謀面的人似的望著門口。

「水怎麼還不來？」

三〇一的大嬸脹紅著臉，似乎跟她一樣也認為停水是女人的錯。就在她和鄰居一起呆呆地望著一聲不吭的女人時，一個五十多歲、脫髮嚴重的男人踩著拖鞋發出啪啪的聲響，從樓上跑了下來。五〇二的男人不由分說地發洩起不滿，一〇二的女人也像發生什麼大事似的跑上來。面對左鄰右舍如同開批鬥大會般的連連抱怨，女人依舊像事不關己，緊閉著雙唇。

「您不是說水兩點會來嗎？」

三〇一的大嬸追問，人們的視線不約而同地投向女人。她也站在人群中，像看陌生人似的望向站在陽臺的女人。所有人都很好奇女人會說什麼，但女人始終沒有開口。

「她怎麼不說話啊？」三〇一的大嬸小聲問道。

「就是說啊……」她也受夠了，搖了搖頭。

「該不會只有我們這棟樓停水吧？」五〇二的男人氣急敗壞地說。

「怎麼可能？」雖然三〇一的大嬸這樣講，望著女人的眼神卻充滿懷疑。

「不知道旁邊那棟樓是什麼情況。」一〇二的女人走下樓梯。

「要打去哪裡問才能知道狀況呢？」五〇二的男人一邊把手伸進褲兜尋找手機，一邊往樓上走去。

「這到底是怎麼回事啊！」三〇一的大嬸瞥了一眼女人，轉身走了。

為了找出停水原因，鄰居帶著滿腹的懷疑和不滿散去後，家裡又剩下她和女人。她氣得直跺腳，恨不得質問女人，做人怎麼可以這麼陰險。此時此刻，她覺得自己對眼前的女人——婆婆知之甚少。關於女人，自己究竟知道什麼呢？她甚至懷疑自己連婆婆的名字「鄭順子」也記錯了。想到這，她嚇得打了個寒顫。更讓她心生恐懼的是，自己竟然跟這麼可怕的女人一起生活了五年之久，還讓女人負責育兒和家事。

她用力關上大門，走進客廳，打算打給丈夫。她想告訴丈夫，自己實在沒辦法再跟女人一起住了，但丈夫沒接電話。

「您都知道吧？您以為我不知道您知道為什麼停水嗎？」

女人張開嘴，喃喃道：「唾液……」

「唾液怎麼了？」

「一直在變乾……唾液……」

「那就多喝水啊。」之前丈夫說過的話，現在她脫口而出。

她抱起熟睡的孩子放到臥室床上，正準備清理餐桌上的魚肉和魚內臟時，小巷傳來人聲鼎沸的吵雜聲。外面的騷動似乎非比尋常，她脫下手套，走到陽臺探頭看向下面，只見樓下門口聚集了五、六個人。三〇一的大嬸和一〇二的女人也站在那裡，三〇一的大嬸看到她，招手示意她下樓。

直到她回來，女人一直蜷坐在陽臺的角落。樓下的嘈雜聲越來越大，似乎又聚集了幾個人。

「只有我們這棟樓停水……」

女人還是無動於衷。

「大家都覺得很奇怪，一〇二的女人打電話問區廳，人家說根本沒有停水這回事，就算要停水也會提前通知。」

「……」

「只有我們這棟樓沒有水。」

「……」

「五〇二的大叔為了找出停水原因，還打電話叫來修水管的人。總得找出原因啊。正好他有認識的維修公司。」

「……」

「您明知道停水的原因，卻不告訴我們，害人家要請人來查。」

門外傳來急促上樓的腳步聲，有人經過她家，直接跑上樓。片刻過後，樓上傳來大鐵門打開的聲響。

她附身看向樓下，只見一輛卡車停在門口，車身寫著「宇星漏水維修」幾個大字。

「五〇二的大叔找的維修公司來了。」

女人依然默不作聲。

露西出現

她開門走進來，直接大步朝廚房走去。水龍頭嘩嘩地流著水，濺得四周都濕了，她伸手關上水龍頭。浴室也傳來嘩嘩的流水聲。她快步走到浴室，關上水龍頭，沖了馬桶，來到客廳。

「媽，是您做的嗎？」

女人半睜的眼皮像蜻蜓翅膀一樣抖了一下。

「我做了什麼……？」

「真是荒謬，竟然有人把水表的閘閥關上了，所以才停水。水管根本沒有問題，是閘閥關上了。大家都不知道，結果從早上開始停水，害我們吃了那麼多苦頭。」

「是喔……」

「……」

「閘閥怎麼可能自己關上，一定是有人故意關的。」

「誰會做這種事呢？」

「……」

「五〇二的大叔說，一定要找出這個人，就算採指紋也要找出這個人……還說絕對不會放過這個人。」

「……」

「您能猜出是誰幹的嗎？我倒是想到了一個人……」

「……」

「大家都覺得是那個人幹的，真不知道那個人為什麼做出這種荒謬的事。」

「……」

「說不定大家馬上就會找上門的，他們都要來找您……說要見您……」

女人稍稍咧開嘴，一個如拔鐵釘般的呻吟竄了出來，只見女人的嘴角凝聚著像膿水般的液體。那是唾液。女人的嘴角抖動著，流出了唾液。

女人起身，從她身邊經過，走向餐桌。

「您要幹什麼？」

「不是說要做辣燉鮟鱇魚嗎……」

「媽！」

「還要煮湯……」女人拿起魚膽。

「拜託，拜託您住手吧！」

這時，孩子醒了，嚎啕大哭起來。

她從臥室走出來時，女人已經不見蹤影。浴室、廚房、臥室和客房都不見女人。只有陽臺地上的唾液，證明女人在此停留過。

她取來廁所的捲筒衛生紙，在手上繞了幾圈扯下來，就像要抹去女人的痕跡一樣，把地上的唾液擦乾淨。

她把紙丟進垃圾桶時，看到玄關的門開著，隨即看向玄關地上的鞋子。女人的拖鞋不見了，只有她的拖鞋和孩子的運動鞋。難道女人去買水芹菜了？她想起女人說，湯裡加點水芹菜更提味。

門外傳來急速的腳步聲，她以為是女人，沒想到是三〇一的大嬸。

「那個，妳快下樓看看吧。」三〇一的大嬸氣喘吁吁地說。

「怎麼了？」

「總之……去了就知道。」三〇一的大嬸頻頻搖頭，臉脹得通紅。

「出什麼事了嗎？」

「妳媽……是不是有失智症啊？」三〇一的大嬸說完，咂起舌頭。

「我婆婆？她怎麼了？」

三〇一的大嬸擺了擺手，再三催促她下樓，似乎發生了什麼無法形容的事情。她緊隨其後跑下樓，納悶著到底發生了什麼事？

巷尾的新樓施工現場，一群人鬧哄哄地圍在大坑前。不知誰家的狗狂吠著，某處還飄來一股誘人的辣燉白帶魚香氣。若沒有那群像路障一樣圍在坑邊的人，此時就是一個普通的傍晚。她像逆流而上似的扒開人群，好不容易來到坑邊。

只見像棺材一樣長方形的坑裡躺著一個人。她正納悶怎麼有個女人倘在方正整齊的大坑裡時，定睛一看，竟然是婆婆。雖然坑裡的人把雙手放在胸前，緊閉著雙眼，但她很肯定那個人就是婆婆。一頭散開的白髮，好似樹根般覆蓋在女人的臉、脖子和胸前，握緊拳頭的雙手就像破土而出的球莖。

「她有失智症吧？」

「我親眼看到她自己躺進去的。」

「她住哪啊？」

「不管我怎麼問她，為什麼要躺在坑裡，她就是不回答，假裝聽不見。」

人們前言不搭後語的聲音像幻聽一樣竄進她的耳朵。面對眼前難以想像過的光景，她失魂落魄的僵在原地，根本無暇思考女人為什麼會躺在那。她恨不得立刻調頭就走，但她不能，因為三〇一的大嬸和五〇二的男人正一臉好奇地看著她，想知道她會怎麼做。

「那女的是她媳婦。」

三〇一的大嬸跟別人竊竊私語的聲音傳入她耳中。瞬間，四周變得鴉雀無聲，所有人的目光都聚集在她身上。她很想大喊，她不認識坑裡的女人，她們非親非故，沒有任何血緣關係。但她無法開口，因為她知道，就算自己再怎麼否認，也沒有人會相信。大家已經認定女人精神失常，不能再讓他們覺得自己也不正常。

「她是不是睡著了？」

「要下去叫醒她嗎？」五〇二的男人說著，捲起袖子，擺出準備下坑的架勢。

「太深了。」

「是啊，她怎麼下去的？」

在她看來，那個大坑猶如萬丈深淵，女人躺在一個她無法觸及的地方。

「趕快想想辦法啊。」三〇一的大嬸拍了拍她的肩膀。

「總不能就這麼看著吧？」

「不然打一一九？」

她強忍住想逃走的欲望，走到坑邊，腳下的土塊滾入坑中，掉在女人的胸口上。她可以感受到人們都在用好奇的目光盯著自己。

她對著坑口，發出蚊子般微弱的聲音：「您在那裡做什麼？」

一陣風拂過，吹亂了她的頭髮。

「您躺在那裡做什麼，趕快出來啦！」

這是她第一次哀求女人。女人文風不動，好像在等她下來把自己抬上去。

「您快點……快點出來吧……」

哀求漸漸變成抽泣。朦朧的夜色徹底籠罩住深坑，女人被黑暗一點一點吞噬了……

作者的話

羽毛、毛球、鳥喙、嘴巴、尊貴、浴缸……

今天，我的心就像孵蛋一樣，靜靜地孵化出這些詞語。

它可以是鳥蛋、燈泡、米粒，或是紅豆。

我置身浴缸的水中，喃喃道出那句話。

好痛……好痛……

這也許是她或她們，藉由我的乾澀之口道出的一句話。

今夜，若在夢中與她們相遇，無論她是誰，我都想告訴她「您是尊貴的」。

我斗膽想寫一個關於「尊貴」的故事。

感謝《現代文學》不吝提供版面，讓我連載創作了這個故事。

二〇一三年春天

金息

書評　屈辱的共同體，高貴人生的不可能性

蘇英賢（文學評論家）

1

為什麼要讀小說呢？

我們常常被故事吸引，因對情節發展的好奇而沉浸在一個又一個的故事中。我們在故事中徘徊，尋找隱藏於感情與人生夾層中的不安與恐懼。為了熬過人生絕望的嚴寒期，獲得某種安慰，不斷探索關於他人人生的紀錄。我們感受忘卻的痛苦，感嘆人類的命運，同時也感到安心。為了確認毫無緣由的憤怒根源，想像他人的處境，以此來支撐自己的人生。我們用雙眼見證深不可測的世界，打開日常生活的縫隙，面對人生的真相。在閱讀的時光裡，我們可以擴展視野，看到從未想像過的社會各個角落。當物質崇拜成為時代的道德，效率成為當今最高的價值時，我們仍需要用文字撰寫的小說的原因就在於此。

隨著社會對小說的關注度減少，在小說中也很難看到關注社會的視角。二〇〇〇年以後，

在韓國小說中，個人的想像力與故事的構架開始逐漸膨脹。自一九九七年登入文壇，便身陷韓國小說變化漩渦的金息，從未停止觸碰社會的陰影。金息的小說就像擁有明確方向的軟體動物，以緩慢的速度，持續地跟隨社會的陰影前行。

與尹成熙[8]一樣，金息在描寫邊緣人上，展現出驚人的寫作實力。她們以兩極的方式，讓我們看到過去不可能成為小說主角的平凡人。如果輕快的文體與幽默的想像力是尹成熙小說的特色，那麼在金息的小說中，我們可以感受到的是令人窒息的緩慢速度與持續的不安，以及透過描寫渲染出的詭異、恐怖氣氛。

金息的小說總是逆流而上，強迫我們直視那些依然停滯的時間，那些活在化石時間裡的人們，成為了金息小說的主角。在生活的夾縫中，尋找那些僅存在於官方紀錄、卻被抹去痕跡的人們。也許用「尋找」一詞並不貼切，因為即使長時間的觀察，也很難分辨那些人的臉孔。金息的小說記錄了存在卻透明的人，與他們在表達自我之間橫亙的遙遠距離，小心翼翼地證明了他們，以及社會試圖抹去的他們的過去與現在。

金息描寫了懦弱無能的父親、不孕的母親、喪失用途與價值的老人，以及連作為社會一員的最低標準都無法滿足的邊緣人，還有他們如同家具般固定在原地的一生。金息的小說總是在激起共鳴前，先讓人感受到充滿悲傷的羞愧。因為變成化石的他們就是我們，透過他們，我們

8 一九七三年出生，與金息為年齡相近的同世代女作家。

看到了無從辨認的自己的臉孔。

2

這是一部展示了兩個女人奇妙的解體家庭的小說。更準確地說，是一個與平凡的丈夫撫養孩子、身為電話銷售員的女性勞動者，與出於需要而選擇同住的「如同汆燙過的菠菜」、「無論是身為女人，還是母親」都一無是處的女人的故事。

在一般人眼中，兩個女人只是婆媳關係。但在小說中，我們幾乎很難發現這種關係所表現的一般屬性。然而，刪除這種屬性的原因是金錢。資本的力量改變了私人空間和各種關係。細究起來，自從強調家庭在國家和社會中的作用後，家庭的社會性功能便從未改變過。一直以來，家庭都是發揮著再生產的空間作用。若發生某種改變或變形，也是源於竭盡所能地發揮社會性功能的家庭成員。雖然可以說這些人是父權制度下的受害者，但磨損、消耗這些人的力量並不全部來自於父權制的意識形態。所謂習俗與道德的社會約束，也可以視為一種控制社會弱者的力量。

金息的小說以長鏡頭視角展現了社會約束是如何悄無聲息地滲透、控制社會弱勢群體的日常生活，以及那種操控內心的無形力量是如何摧毀他們的一生，讓他們更加悲慘。

在本書中，我們可以看到為家庭賺錢的女人，以及為了女人的社會生活而承擔起家事的另一個女人。為了僅以提供生活費為由，對家裡發生的事不聞不問的丈夫／兒子，女人必須為了家庭更好的未來而參與社會勞動。產業結構的變動逐漸延伸出非專業勞動的產業類型，眾多被第一、第二產業綑綁的服務業成了低等類型職業。對於歸類在無需熟練技巧、非專業勞動的服務業的偏見，將女性也畫分在了低等職業類型之中。無學歷或低學歷的勞動者，以及身分受限的勞動者，因此從事起介於生產與再生產夾層間的服務業。

媒體所關注的女性勞動者都集中在被稱為「Gold Miss」的高學歷、高收入女性身上，但眾所周知，大多數女性勞動者並非如此。很多女性勞動者既要在公司領薪工作，又要在家無償工作。事實上，兩者併行並非易事。隨著韓國社會的產業結構以服務業為中心重組後，可以說韓國女性的平均生活品質也隨之下降了。對於從事服務業的女性勞動者而言，從事社會勞動與提高生活品質幾乎沒有任何關係。本書描寫的就是這樣的女性。

閱讀金息早前的短篇作品〈麵條〉（二〇一一）、〈那晚的慶淑〉（二〇一二）和〈去玉川的那天〉（二〇一二）可以幫助我們更能理解《女人與她們進化的天敵》中，女性破敗寥落的人生。在〈那晚的慶淑〉中，身為電話銷售員的慶淑為了工作必須出賣親切，情緒勞動摧毀了她的生活。現代人都被要求必須具備管理情緒的能力，企業將顧客至上視為企業理念，並逐漸把個人情緒包裝成可以交換的勞動類型。不只是在企業最前線直接面對顧客的百貨公司員工、餐廳店員、銷售員和客服，就連護理師、教師、空服員和保母，這些從事服務業的勞動者也都成了代表性的情緒勞動者。

情緒勞動漸漸不再指特定的職業，而是變成社會生活的現代人都要具備的業務能力。「人類情緒商品化[9]」是不合理的，卻很難改變。但在將「親切」做為核心競爭戰略的服務業中，情緒勞動既不會被評價為重要的工作能力，也不會看作是熟練的專業技能。情緒勞動通常被認為是「只要是女性就會做的事」。因此，就算情緒勞動是有價值的勞動能力，也不會被認可為專業技能。

在本書中，做了超過十五年購物臺電話銷售員的她，就是從事低等服務業工作的低薪勞動者。這樣的勞動者只被視為可隨時取代、使用時間極短的零件。透過「眼看五天後就是預產期，還要搭公車再換兩次地鐵去上班，為了抑制嚴重的孕吐，偷偷把蔬菜餅乾含在嘴裡」的女性勞動者，我們看到資本主義是如何將人類的情緒商品化，以及資本主義的殘暴與醜惡。

當然，她比起婆婆的健康更在乎醫藥費，以及為了工作不得不選擇與婆婆同住，將婆婆視為剩餘勞動力。她的這種世俗觀念也是她在資本的強大壓力下，為求生存而不得不的選擇。金息在小說中著重描寫的不是資本如何將人類的感情還原為貨幣價值，而是這種行為如何破壞和扭曲了個人與社會建立起的關係。

3

故事中的另一個女人雖沒有從事「情緒勞動」，取而代之的是「養育勞動」。我們隨處可以看到這樣的人物，卻無法輕易用視線捕捉到。這樣的人物即使活了一輩子，也會像幽靈一樣來去不留痕跡。小說中的女人就是這種人物的代表，也是這部小說的核心人物。小說〈麵條〉中的女人，因不孕被迫離婚，嫁給一個已有四個孩子的男人。女人就像保母一樣跟男人過了一輩子，但直到最後，男人也沒有把她登記在自家的戶籍上。與〈麵條〉中只能孤獨等死的女人相比，本書中的「母親」即使被當作「一種即使交配也不會繁殖的物種」，但也沒有成為同情和憐憫的對象。

相反的，女人成了發洩情緒、指責、無視、侮辱，沒有人願意與之交流感情的對象。雖然婆媳同住五年之久，卻對彼此一無所知。除了「一九四九年生人，屬牛，老家在忠清南道扶餘，有一個很俗氣的名字叫鄭順子，小學畢業，十七歲來到首爾，在東大門做紡織生意的親戚店裡學手藝，之後結婚生了兩個女兒和一個兒子。年僅三十六歲便成了寡婦，獨自一人把三個孩子撫養長大，做過保母、養樂多媽媽、公車公司的清潔工，還在餐廳廚房打過工」，她對女人知之甚少。事實上，「從女人扮演的角色來看，完全就是一個到府保母」。

9 參考出處：《情緒管理的探索》亞莉．霍奇查爾德（Arlie Russell Hochschild）著。

我們可以看到，在私人關係中產生的感情領域變成了商品化。事實上，從很久以前開始，「養育勞動」就已經在市場作為商品進行交易了。美國經濟社會學家薇薇安娜・澤利澤指出，生活在二十一世紀新自由主義時代的人們無可避免「親密性（intimacy）」與「經濟」相遇後的結果，但這種結果不會導致共同體的瓦解[10]。澤利澤的觀點帶來了以客觀視角去理解過去視為道德問題的做家事、帶孩子等親密行為的可能性。親密性的交換價值化也幫助我們理解，從很久以前開始，人類便以社會、經濟倫理進行的親密行為。與此同時，此前未被分類為勞動的私人領域的瑣碎行為的價值也將得以恢復。在這個過程中，做家事和帶孩子做為勞動也被價值化了。

金息復原了無數像幽靈一樣度過一生的韓國母親。但小說裡的這位母親，並沒有塑造成在父權制度下犧牲、獻身的形象，也沒有代表在傳統意義上，女性喪失的過去。金息的「母親」向我們展示了現實，讓我們不得不面對經濟價值如何侵入之前不可損害的領域。畢業於專科大學、就職於購物臺的「母親」，「為了自己的孩子進化得有利於生存，住進好公寓」，不惜剝削「上一代的母親」。她說服自己，「母親」都會這樣剝削「母親」的「母親」的「母親」……但當「母親」躺進新大樓施工現場的深坑中，證明自己是「人類化石」時，我們才意識到「母親」的進化史並不存在，也不可能存在於人類的歷史上。

4

在「母親」們之間是如何實現超越剝削的共生的呢？兩個女人的關係以感情表達的不均衡性表現出來。與凡事計算精明、不加掩飾地表露心機的媳婦形成鮮明對比的，是「女人沒有做任何表態」。即使婆婆罹患了口乾症，但媳婦並「不擔心女人唾液乾燥的事。講白一點，她擔心的是因口乾症而產生的醫藥費。」利用這種直白的描述，彷彿讓感情壓抑的女人與媳婦的時間靜止了，透過失去感情變成無生物的婆婆，最大限度的凸顯出感情表達的不均衡性。

她回想起第三次檢查時醫生說的話，儘管舒樂津增加到了三顆，病情仍不見好轉，困惑的醫生語重心長地問道：

「您是遇到什麼打擊，還是有什麼特別震驚的事？」

醫生見女人毫無反應，用原子筆尾端敲了敲桌面。

「在口乾症初期時……像是遇到家人突然離世？」

即使聽到醫生問話，女人也像啞巴似的一聲不吭。

「或者遇到什麼被輕視、羞辱的事……」

10 參考出處：《親密交易》薇薇安娜·澤利澤（Viviana Zelizer）著。

「羞辱？」

提出反問的不是女人，而是她。

「嚴重的輕視、羞辱導致的不安、焦慮和憂鬱也是一種壓力。我的患者中就有這樣的情況。俗話說萬病皆由壓力所致，像暴飲暴食、酗酒和抽菸都是症狀的表現方式。我那位患者是大學哲學系的教授，他在課堂上被一名學生侮辱，進而覺得很羞恥。他說自己成為大家的笑柄後，出現了失眠和口乾舌燥的症狀。我建議他同時接受精神科的治療，沒想到唾液分泌量很快便恢復正常了。」（第一三一到一三二頁）

與自己在購物臺受到的羞辱相比，女人的遭遇簡直是小巫見大巫。就算打來的顧客再怎麼沒教養的髒話連篇、大呼小叫，罵出各種不堪入耳的髒話，或是接到令人作噁的變態打來，她依然得親切有禮，直到對方先掛斷電話為止。公司對電話銷售員的要求，第一是親切，第二也是親切，第三仍是親切。通話都會錄音，每天打來一百多通匿名電話，根本不知道誰會投訴她態度不佳。（第一三六頁）

這多少讓人感到悲傷，難以找到平衡點的不均衡性使她們的關係充滿輕視與羞辱。而若真要細究，媳婦遭受的是更根本性的輕視與羞辱。身為電話銷售員，她喪失了原有的感情，遵循公司要求不得不控制、抹去自己原有的感情，最後留下的就只有憂鬱、羞恥和自我貶低等對立、消極的情緒。就這樣，她漸漸疏遠了自己真實的感情。她為什麼要忍受羞恥與侮辱呢？她只是希望「像別人一樣不愁吃穿，像別人一樣過日子」，渴望過尚不知其他可能性的「正常生活」。最終，她將自己的全部排除在自身之外。

面對媳婦的輕視與羞辱，婆婆在毫無感情的狀態下，以靜止狀態忍受著流逝的時間，就像變色龍一樣，遇到敵人時會變成化石保護自己。

十幾分鐘過去了，女人還是一動不動。她以為女人睡著了，看起來又不像。女人的目光呆滯，眼睛就像掉了鈕扣的空洞。平日，女人也常會像血液凝結、心臟停止跳動了一樣，呆坐在客廳地板、餐桌前或沙發上。即使女人不動聲色地如家具般存在於家中，她還是感到礙眼。反倒是女人洗碗、擦地、拌小菜時，察覺不到什麼存在感。然而，當女人若有似無的存在於家中時，卻格外非常沉重、不自在。（第一〇三頁）

發洩不滿的情緒和無動於衷都是存在無力感的女性下意識保護自己的行為，雖然在表達上兩者具有異質性，但從保護自己這一點來看，其實是相通的。媳婦把包攬家事、帶孩子的婆婆看成「朝鮮族保母」，並對其的種種行為感到不滿與憤怒，其實這都是來自於她自身的自卑感。比起怨恨「一夜之間解僱自己的公司」，怨恨可有可無的婆婆和她漸漸變乾的唾液才能安撫這種自卑感。

女人的唾液在漸漸變乾。「為什麼偏偏是唾液呢？」女人蜷縮身體跪在地板上，把自己變成抹布在擦地。女人關掉水表的閘閥，想藉此表達變乾的不是「母親－她」的唾液，而是她自己。媳婦試圖將自己與「人類化石」的婆婆進行物種分類，但失業宅家的她發現，漸漸失去存在感的人不是婆婆，而是自己。面對日漸消瘦的婆婆，媳婦自言自語地說：「真像唾液。」這句話並沒有侮辱婆婆，因為她的命運與左鄰右舍的鄰居和「人類化石」一模一樣。事實上，她們都是沒有進化也沒有絕種的「人類化石」，並且不斷重複著「最初的母親」的人生。

以唾液變乾的女人和因停水生活不便的公寓為對照，我們看到了如同「比重與價值都顯得微不足道的唾液」一樣的身體叛亂，卻很難期待透過罹患口乾症的女人看到威脅生活的某種致命性反轉。在金息的筆下，除了敵對性的蔑視，看不到她們共存的可能性，也無法透過小說具體指明將她們逼入生存之戰的不合理力量。作者只在故事裡埋下了將羞恥與侮辱變得日常化的共同體的淒慘現況，以及毫無出口的憂鬱與茫然。儘管如此，金息的小說還是在反問，難道我們要一直忍受口中含沙般的口乾舌燥、消失得無影無蹤、承受永無止境的恥辱嗎？作者似乎是在催促我們，去尋找一個可能的出口。

各界讚譽

用藝廊、藏家肯定值得投資的高級藝術風格，高人一等的生物學譬喻、醫學新知，「口乾症」與「大樓停水」對位賦格的冷淡枯涸美，描繪出一個為錢掙扎苦惱的市井家庭。曾為購物臺電話銷售員的失業媳婦虐待婆婆出氣，形式與內容的對比令人耳目一新。欣賞底層苦難的知性審美距離，屬於學院鴻儒優雅的上流文化，比起果戈里、卡夫卡的怪誕嘲諷傳統，它更像是後現代工業風裝潢、家具、美食和音樂的一部分。

——盧郁佳（作家）

本書以最通俗日常的「婆媳關係」，重寫戰後發展的女性主義中的性別二元論，與新達爾文主義中的基因演化論。兩者都將同一物種放到競爭的框架中，同時也造成分化。金息精采地透過「水」的生態意象、心理象徵、生物本能，將「女性」在演化過程被分化的問題匯流，提出永續的生存方案。

——陳佩甄（政治大學臺灣文學所助理教授）

國外讀者好評

身為電話銷售員，被埋沒在資訊化和產業化之下的媳婦，憎惡、懷疑婆婆，甚至輕視她。在媳婦眼中只是「育兒工具」的婆婆心知肚明、卻無動於衷，導致對立越來越嚴重，但誰也無法擺脫這個既不會進化、也不會滅絕的角色扮演。

實在佩服作者的洞察力以及對人物的深入描寫，把婆媳關係展現得淋漓盡致，更讓人不得不承認——女人的敵人就是女人！

這本書讓人看得很不舒服，因為太真實，因為這就是我的故事。

＊

閱讀本書時我覺得很艱辛，讀著讀著才發現，原來是兩個女人讓我感到不舒服，因為我在她們的人生裡看到了自己的影子，以及不想成為「她」而努力的自己。

不以愛情為基礎建立的婚姻；為下一代委屈求全的婆婆；犧牲自己也犧牲上一代的媳婦……五年的婆媳同居生活不過是一條導火線，真正的問題來自於社會賦予女人的天職和義務。

奇妙的是，雖然作者筆下的媳婦可惡又自私，卻也令人同情，甚至下意識地對她看待現今社會的視角感到認同。從這對婆媳的對話和情感對立，突顯出的是金錢製造出的不平等與不安，進而反思在這樣的現實中，我們的人生定位到底在哪裡。

女人與她們進化的天敵／金息（김숨） 著 . 胡椒筒 譯 . -- 初版 . – 臺北市 : 時報文化，2023.3；面；
14.8 ╳ 21 公分 . --（STORY；063）
譯自：여인들과 진화하는 적들

ISBN 978-626-353-467-4（平裝）

862.57　　112000622

여인들과 진화하는 적들 (Women and their Evolving Enemies)
by Kim Soom
First published in 2013 by Hyundae Munhak Publishing Co., Ltd., Korea

This Complex Chinese edition was published by arrangement with
Kim Soom c/o HAN Agency Co. through Eric Yang Agency, Inc., Korea

ISBN 978-626-353-467-4
Printed in Taiwan.

※ 本書獲得韓國文學翻譯院（LTI Korea）之出版補助。
This book is published with the support of the Literature Translation Institute of Korea(LTI Korea).

STORY 063

女人與她們進化的天敵

여인들과 진화하는 적들

作者　金息｜**譯者**　胡椒筒｜**主編**　尹蘊雯｜**執行企畫**　吳美瑤｜**封面設計**　蕭旭芳｜**編輯總監**　蘇清霖｜**董事長**　趙政岷｜**出版者**　時報文化出版企業股份有限公司　108019 台北市和平西路三段 240 號 3 樓　發行專線—（02）2306-6842　讀者服務專線—0800-231-705・（02）2304-7103　讀者服務傳真—（02）2304-6858　郵撥—19344724 時報文化出版公司　信箱—10899 臺北華江橋郵局第 99 信箱　時報悅讀網—www.readingtimes.com.tw　電子郵件信箱—newlife@readingtimes.com.tw　時報出版愛讀者—www.facebook.com/readingtimes.2｜**法律顧問**　理律法律事務所　陳長文律師、李念祖律師｜**印刷**　勁達印刷有限公司｜**初版一刷**　2023 年 3 月 24 日｜**定價**　新台幣 430 元｜（缺頁或破損的書，請寄回更換）

時報文化出版公司成立於 1975 年，1999 年股票上櫃公開發行，2008 年脫離中時集團非屬旺中，以「尊重智慧與創意的文化事業」為信念。